言わなかった言わなかった

内館牧子

言わなかった言わなかった

目次

思い込み

私たちは、自分とは別のカテゴリーにいる人間に対する時、相手の心情を推《お》し測《はか》る。たとえば高齢者というものはこうしてほしいものだとか、こういうことを嫌うものだとか、子供はこういうことを喜ぶものだとかだ。それは「推し測る」というより、「こうに決まっている」との思い込みに近い場合がよくある。

もちろん、思い込み通りの場合も多いだろうが、「こうに決まっている」と断定してかかると、いい目が出るところを悪い目にしてしまうこともあるのではないか。そう思わされる出来事があった。

それは十月のある休日、東北大の土俵で東北大相撲部員による「チビッ子相撲教室」を開いた時のことだ。初めての試みなのだが、当日は仙台近郊の子供を集めて相撲の基礎を教え、最後に試合をさせることにしていた。ただ、私を含む部員たちには多かれ少なかれ、思い込みがあったと思う。まず、「子供はそう集まりっこない」という断定のもと、

「今の子供はサッカーや野球が好き、相撲は嫌い」

「今の子供はお尻を出したがらない」

「今の子供は取っ組みあいを好まないので、教えても形にならない」

「今の子供は転べばすぐに泣き、すぐやめる」

「今の親は相撲を危険だとして子供にさせない」

という六点の思い込みは確かにあった。それでも何とか四、五人は集めたいと主将が中心になって奔走した。

ところが当日、試合出場希望者が小・中学生で十一人も集まった。中には町の相撲道場で取っている子たちもいたが、土俵なんて見たことのない子たちが多い。そして、試合はしないが、基本だけ習いたい子を加えると総勢十五人。チビッ子とは何の関係もなく、ふらりと見物に来てくれた市民もいて、この活況こそが「思い込み外れ」のスタートである。

次に外れたのは、子供たちがお尻を出すことをさほど嫌がっていないということだ。パンツの上にマワシをつける子ももちろんいたが、それはそうしたかろうと当方が思い込み、敢《あ》えて裸になれと言わなかったせいもある。もしも最初から、

「マワシは裸につけるものだから、ホラ、脱いで」

と言えば、ケロッとお尻を出した気もする。

ところが、マワシをつけたはいいが、子供たちはしっかりとＴシャツを着て、脱ごうとしない。当方も「Ｔシャツを脱げ」とは言いにくいものがある。何しろ十月の仙台はすでに少々寒い。道場のあがり座敷には親や祖父母たちがぎっしりだ。Ｔシャツを脱がせたなら、「風邪を引く」とクレームがつきそうだし、さりとて、相撲部監督の私としては、Ｔシャツを着たままの相撲を許すわけにはいかない。さてどうしたものかと思って見ているうちに、この子たちは裸になるのが嫌なのではなく、裸になると拠《よ》りどころが失《う》せ、不安なのだと気づいた。子供たちが腰まで覆うＴシャツから細い脚を出して心細気にしているのを見て、そう確信した。今、海やプール以外の地べたで、マワシのようなヒモ一本だけで裸になることはないだろうから、その心細さは当然だ。

やがて東北大相撲部員や町の道場で相撲を取っている子たちが、当たり前のようにマワシ一本で入って来た時、私はＴシャツの子たちに言った。

「ハーイ、Ｔシャツを脱ぎましょう。お兄ちゃんたちもみんな脱いでまーす」

すると、何とサッと脱いだのである。少々の抵抗は覚悟していたが、みんなツルンと脱いだ。さらに面白いのは、マワシ一本の裸になると、子供たちが突然生き生きし始めたことである。たぶん、みんなで裸になったことで解放されたのだろう。土俵上で飛びあがってみたり、勝手に四股もどきを踏んだり、と騒ぎ出した。

しかし、今回、何よりも驚いたのは、一度も相撲を取ったことのない子が、相手のマワシをつかんだなら反射的に引き寄せ、投げようとすることだった。まったく相撲を取ったことのない子がそれをやる。また、土俵際《ぎわ》に追い込まれると、必死に爪先で立ち、うっちゃろうとする。教えてもわかるまいという危惧は、それこそ大人の思い込みで、「戦う」ということにおいて、これらの動きは、本能的なものかもしれない。そう思うと、大人は子供の心を推し測りすぎて、よかれと気を配りすぎて、野性を殺してきたのではないか。

さらには保護者から、

「こらえろーッ」

「うっちゃれ！」

などと声が飛ぶのにも驚いた。保護者を「過保護者」と思い込んでいたのも、大きな間違いであった。

見物客は道場に入りきらず、外から窓ごしに見ている人も多かったのだが、ちょっとのぞいてみたというご婦人が泣いて私に言った。

「いいもの見せてもらいました。日本の子を見直しました」

それは中学生の少年が、小学生との取組で土俵際で負けてやり、両者に万雷の拍手が送られたシーンだった。鼻高々の小学生と「すげえな、お前」と言うように苦笑してみせた中学生、これも私たちの思い込みにはないものだった。また、試合で投げられたり倒されたりして、泣いた子は一人もいない。すりむいて血が出た腕をなめて、すぐまた戦う子さえいた。少子化の今、大人はつい子供の心を推し測りすぎてヤワにしていないか。子供はかなり大らかである。

相撲教室の終了後、子供たちの何人かは言った。

「東北大に入って、相撲部に入ります」

実は幼いうちからこう思い込ませることが、私の最大の狙いなのであった。

薄っぺらな「配慮」

私は小さい頃から、かけっこが苦手だった。とにかく走るのが遅くて遅くて、運動会の徒競走ではビリ以外になったことがない。その遅さたるや半端ではなく、たとえば八人で百メートルを走る時、七番目の子がゴールした頃、私は五十メートルか六十メートルあたりを走っている、「ぶっちぎりのトップ」ならぬ「ぶっちぎられのビリ」である。

とうとう、小学校六年生の運動会で、私は徒競走からのトンズラを決行した。場内アナウンスが、

「六年女子、徒競走出場者は入場門の前に整列して下さい」

と響くなり、私はみんなと一緒にガヤガヤと入場門の方に向かい、人混みにまぎれてスーッと離れた。そして、まんまと女子トイレに逃げこんだのである。

私は東京で育ったが、昭和三十五年のあの頃、東京にさえあまり楽しみはなかった。小中学校の運動会となると、町中の人が集まりかねない時代である。その大観衆の中で、私は

「ぶっちぎられのビリ」をさらすわけで、小学校六年生にもなると、耐えられない屈辱である。気になる男の子やご近所の人たちや、よく行く商店街の人たちに見られるのは死んでもイヤだ。それに、私は当時の少女としては背が高く、手脚も長く痩《や》せていて、「カモシカのような少女」だった。ウソではない。そのカモシカがドタドタと走っては客を笑わせるだけだ。

というわけで、私は女子トイレに逃げこみ、個室に隠れようと戸を開けた（当時の個室は、ドアなんぞと呼べるシロモノではなく、木製の戸であった）。いざ個室に入ろうとした瞬間、背後から声をかけられた。ギョッとして振り向くと、同じクラスのノンちゃんという少女が立っていた。彼女は全クラスを通して一位か二位かというほど足の速い少女だった。そんな彼女が、徒競走のスタートが迫っている今、なぜトイレにいるのか。私と彼女は同時に口にした。

「徒競走、出ないの？」

私が先に答えた。

「出ない。足遅いから」

すると、彼女も言った。

「私も出ない。足速いから」

意味がわからない私を引っ張るようにして、ノンちゃんは同じ個室に入り、中から木のカンヌキをかけた。私たちは決して親しい友達ではなかったが、共犯意識のせいか、彼女は言った。

「今日の徒競走ね、私とあの子は同じ組で走るの」

「あの子」とはクラスで二番目に足の速い子なのだが、スターのノンちゃんがいるため常にナンバー2である。

「あの子の家族、今日はみんな見に来てるの。田舎からおじいちゃんやおばあちゃんも。みーんなで」

個室の上方にある小窓から、青空と万国旗が見え、『軍艦マーチ』が聴こえた。ノンちゃんは続けた。

「うちは誰も来てないから、あの子が一等になった方がいいの」

そういうことだったのか。ノンちゃんの家は母子家庭で、母親が働いて彼女と妹を育てていた。

やがて担任教師が荒々しくトイレに入ってきて、

「出て来なさいッ。ここに隠れているのはわかってるんだ。出て来なさいッ」

と叫び、個室の戸を叩き、引っ張った。戦後十五年ほどしかたっていない時代の木の戸は、今にも外《はず》れそうだったが、私たちは「シーッ」と唇に指を当て、粗末な和式便器をはさんでしゃがみ、息を殺していた。

ついに担任は諦《あきら》めて出て行き、私とノンちゃんは後で叱られたはずだが、それは覚えていない。覚えているのは、しゃがんで息を殺して窓を見上げた時の、哀しいほどに青かった昭和三十年代の空と、後からノンちゃんが言った言葉だ。

「あの子ね、転んでビリだったんだって」

私は昨今の「手をつないで全員でゴール」という運動会の話を耳にするたびに、トイレに潜《ひそ》んだあの秋を思い出す。

徒競走で順位をつけるのは、足の遅い子に対する差別であるという「配慮」。競争させて優劣をつけることは、たとえ運動会であっても許さぬという「配慮」。それを私は大きなカン違いだと思っている。即刻やめるべきだと考えている。だが、もしも、その「配慮」があの当時にあったなら、私はどう思っただろうか。恥をかかずにすんで嬉しいと喜んだに違いない。しかし、きっとすぐに、その「配慮」が学校生活を虚《むな》しくしていることに気づいたと思う。

私はかけっこはダメだったが、水泳は速かった。シュパーッとナイフのように飛び込み、キックターンも上手だった。水泳の授業の時は、先生に指名されてみんなの前で泳いでみせたし、競泳をやれば飛び込んだだけで、他の子を大きく離していた。私は水泳の時だけはスターになれたのである。だが、もしも例の「配慮」があれば、競泳も並んでゴールさせられ、私から華やぐ場を奪っただろう。そして、勉強が全部ダメだったノンちゃんからも、スターになる場を奪っただろう。

結局、こんな「配慮」は勉強ができる子だけをスターにする。個性を殺し、これこそが差別である。

そして何よりも、家族そろって応援に来ている子に花を持たせたいと考えたり、かけっこがダメでも水泳があると自分をなだめたり、みんなそれぞれ得意なものが違うんだなァと気づいたり、子供なりの深さを得ることを、「配慮」は奪っただろう。これほど薄っぺらな配慮はない。

「あの子」は転んでビリになった。人生とは思うように行かないということを、「あの子」もノンちゃんも私も学んだのである。

就職先

先日、駅でバッタリと会った女友達の様子がおかしい。

「息子がね、高校を中退したの」

と言う。彼女の一人息子は有名高校に通っており、いい大学に行けそうだと、彼女はいつも言っていたのである。

「それが、ロックミュージシャンになりたいって」

実際には「ロックミュージシャン」とは別の職業を言ったのだが、ここでは仮に「ロックミュージシャン」としておく。彼女の息子がめざす職業も、それに等しく実現が難しく、また不安定なものである。

彼女が元気がなかった原因はこれだったのか。確かに、親としては「実現の可能性が低く、かつ不安定な職業」にはつかせたくないだろう。たとえば俳優や歌手などの芸能関係、スポーツ選手、また画家や彫刻家などの芸術家、小説家や詩人などの文筆関係、その他にも色々あるが、これらは一般的に親としては不安を覚える職業だろうと思う。

だが、子供の方はたとえ無謀だと言われようが、自分の力を試したい。有名高校を中退してまで、やれるだけやってみたい。そうしないと人生を後悔する。そう思って、親の思惑とは別の道を歩き出す。

私は子供を育てたことがないので、こういう話については、たいていは聞き役一方である。が、彼女はポツンと言った。

「以前、あなたが『転職ロックンロール』というドラマを書いたでしょ。あの親の気持ちがよくわかる」

このドラマは一九九五年の新春ドラマとしてテレビ朝日で放送された。一流企業に勤めている息子が突然ロックミュージシャンになると言って退職する話だ。視聴率も取れず、話題にもならなかったが、私の中ではずっと「夢見る職業が不安定な場合、人はどう決断するか」というのが大きなテーマとしてあった。それが『転職ロックンロール』を経て、リポート『夢を叶える夢を見た』(幻冬舎文庫)につながっていく。これは不安定な夢とどう向かいあったか、各界の人々の「情熱」と「諦《あきら》め」のリポートである。

喫茶店で彼女と話してから数日後、私は二人の男と深夜まで飲んだ。一人は名古屋大学相撲部の細谷辰之部長。もう一人は都立足立新田《しんでん》高校相撲部の満留《みつどめ》久摩監督である。実は二人には共通点がある。

　二人とも教え子を大相撲力士として角界に入れているのである。

　足立新田高の成田篤君は、「琴成田」の四股名で、序二段で取っている。もっと上位にいたのだが、怪我で陥落。耐えて耐えて復調し、先場所は四連勝して勝ち越した（文庫版注・二〇一六年現在、三段目十五枚目、琴仁成）。

　この成田君とて、都立高校から大学や専門学校に進む道もあったはずだし、家業を継ぐ道もあっただろう。が、満留監督は言う。

「どうしてもやってみると言って、固い意志を曲げなかった。そりゃあ、僕は悩みましたよ。可愛い教え子を、むざむざ不幸にするんじゃないかって」

　満留監督は埼玉大相撲部員時代、「史上最強の国立大生」の名を天下に轟《とどろ》かせた。その監督でさえやらなかった角界入りを、十八歳の教え子はやってしまった。その琴成田が怪我で苦しみ、番付を下げていた時など、監督も悶々と眠れぬ夜を過ごしたらしい。

　一方、今、全国公立大学の相撲部では名大がナンバー1の強さである。旧帝大の七大学（北大、東北大、東大、名大、京大、阪大、九大）で「七帝戦」という大会があるのだが、名大は団体戦六連覇。その相撲部を育てたのが細谷部長であるが、部員の田中周一君が、来年三月に千賀ノ浦部屋入りする。親方は拓大出身の元関脇舛田山である。

田中君は工学部の学生であり、名大ともなれば就職先もトヨタ自動車をはじめ、エンジニアとして引く手数多《あまた》である。が、角界入りを決断した。決断までの間に、私は彼に『夢を叶える夢を見た』を送った。ここには無謀な失敗例も出ており、「後悔したくないから」の一言でイケイケとなることへの戒《いまし》めもあったからである。

後日、大会で田中君と会って話すと、丁寧に読んでくれているのがわかった。そのいい笑顔を見て、私は「ハラを決めたな」と直感していた。

細谷部長自身も悩んだ末、「三年だけ死ぬ気でやってみろ」と送り出すことにしたという。それを聞きながら、もしも東北大相撲部員が角界に入ると言い出したなら、私も「三年」というリミットをつけて賛成するだろうと思った。

力士に限らず、俳優でも小説家でも画家でも、リミットをつけて挑むのは「安全策」のようで嫌う人もあろうが、十年、十五年と続けても芽が出なかった時、それこそ後悔するのではないか。「三年リミット」と言われれば、四年目にはチャンスが来るかも……と反発したい気もあろうが、三年というのは諦め潮《どき》だろう。

『夢を叶える夢を見た』の中で、帝拳ボクシングジムの本田会長は「三年リミット説」さえ言う。

私は喫茶店で沈みこむ女友達にも「三年間だけやらせてみたら?」と言ったし、加えて、長く大企業に勤めてきた私は大企業のサラリーマンの悲哀を、イヤというほど見てきた話もした。一流大学から大企業に入ることは、これまた決して「安定」ではない。

田中君は来年三月場所から、「舛名大《ますめいだい》」の四股名で土俵に立つ。名大を背負った彼に、七帝大相撲部員は「思いっきりやれ！」とエールを送っている（文庫版注・舛名大は序ノ口の優勝決定戦にまで出ながら、二〇一一年、ケガで廃業）。

養老院より大学院

先日、私の三年間にわたる大学院生活を書いた本が講談社から出たのだが、そのタイトルを知ると、まず十人中九人が笑い出す。それは、

『養老院より大学院』

という。

おかしかったのは、私の原稿をチェックした校閲者が、「養老院」という文字に傍線を引き、「この言葉、まずいのでは？　老人ホームの方がいい」と記入してあったことだ。

また、書店で手にしたという女友達は、

「何が『養老院』よ。今は『シニアガーデン』って呼ぶところだってあるのよ」

と言った。

校閲者や女友達の言い分は実に正しい。私とて「養老院」という言葉は現在では死語に近いことを十分承知している。が、承知の上でタイトルにした。だって、

「老人ホームより大学院」

ではシャレにならないではないか。それに、

「シニアガーデンより大学院」

では、園芸学科の本かと思うだろう。

ついでに関係ない話だが、「老眼鏡」をどうして「シニアグラス」なんて呼びたがるんだ。こんなことにこだわってるより、大学院受験をお勧めする。

とにかく、この本は老い先を憂いたり、人生のたたみ方を考えるより、全然未知のところへ踏み出す方が、ずーっと面白いよというものである。まったくしっとりしていない内容を憂えたのか、編集者が、

「老いの準備の前に、人生の忘れ物、見つけませんか？」

なんぞという文章を勝手に帯に印刷してしまったが、そんなごたいそうな話ではない。私は人生に忘れ物をしたなら、新しい物を見つければいいと思っており、いわば「捜す」なんて暗いことはいっさいしたくない。忘れ物はトットと忘れ去るのが、何より健康の素である。

さて、その本の中に書いたのだが、中高年でもう一度学校に入り、勉強し直したいと考えている人は多い。というのも、私は多くの手紙を頂いている。

「学費は年間でどのくらいかかりますか」

「若い人と友達になれるか不安です。一人ぽっちではイヤですし……」

「頭と体がついていけるか心配。大丈夫でしょうか」

などと具体的な質問が多く、それは「社会人学生」になろうという決意のあらわれだと思う。

そんな中で、かなり多くの人から寄せられた質問が二つある。あまりにも現実的すぎて、びっくりするような質問であったが、こんなに多くの人が不安に思っているのかと気づかされた。だが、今までに目にした社会人学生の本には、この重大な質問に答えているものは見たことがない。それは、

「学費はやっと捻出《ねんしゅつ》できると思うのですが、とても学生におごる経済力はありません。でも、こっちは社会人ですし、あっちは若い学生。やはり、おごらないとまずいのではないかと心配です。ケチだと思われたくないし、でもおごるのは無理だと思います。実際のところ、どうなのでしょうか。おごる必要があるなら、入学は諦めます」

と、こういう内容である。

この質問は家庭の主婦からも、また定年後の男の人たちからも、在職中の人たちからも来ている。社会人にしてみれば、時には、

「ここの支払いは任せて」

と言ってもみたいだろう。

結論から言うと、学生は社会人学生にたかろうとか、おごられようとかは考えていない。少なくとも私は、クラスメートからそのような視線を受けたことは一度もないし、「お金を出してくれると助かります」と言われたことも一度もない。コンパや忘年会でも、学生と同じ会費を出し、幹事は当然のようにお釣りをくれた。

むろん、世話になった学生たちにはごちそうすることもあったが、ごくたまにである。その際、学生はすごく遠慮したりする。学生たちは、相手が社会人であっても、クラスメートとして見ているのだと思う。年齢差はあっても対等と捉《とら》えており、そういう出費は心配しなくていい。

ただ、相撲部監督としての私は、部員には出させない。それは対等ではないから当然のことだ。それでも部員たちから「おごられて当然。カネを出して当然」という匂いを感じたことは一度もない。一般論だが、今の学生たちは決して「たかり体質」ではないということを感じる。

もうひとつの現実的な質問は、

「年下の教授に教わったり、レポートを提出させられたり、点をつけられたりするのはイヤじゃないですか。どうもこだわりがあって、社会人入学をやめようかと悩んでいます」

というものだ。中には、

「私は企業の第一線で実績を作ってきたので、今さら若造に教わるのは不快で、社会人入学をやめようかと思っている」

という内容さえあった。まったく、何かあるとすぐに「社会人入学をやめる」と、そっちに行くのよねえ。

そりゃあ、中高年で入学する以上、教授の方が若いに決まっている。私なんて講師とは実に二十四歳差であった。

が、若かろうがあちらは学問の世界でキャリアがあり、こちらはない。いくら企業で実績を作った過去があろうが、こちらはゼロから教わる立場である。それに気づけば何ということはあるまい。

それでもガチガチにこだわる唐変木にこそ、「養老院より大学院」の入学をお勧めする。高校でも大学でも、もう一度学生をやってみると、間違いなく心身が柔らかくなる。

財布を落とした！

今、京都の東映太秦《うずまさ》撮影所で、私が脚本を書いたテレビドラマ『白虎隊』の撮影がたけなわである。

これはテレビ朝日系の新春ドラマとして、二〇〇七年一月六日と七日に二夜連続で五時間放送されるため、撮影も連日ハードだと聞いていた。そこで十月下旬、京都まで陣中見舞いに出かけた。

主演の山下智久さんをはじめ、薬師丸ひろ子さん、野際陽子さん、高嶋政伸さんたちとお会いし、いいドラマになりそうだわァ！　とすっかり嬉しくなって東京に戻った。

その翌日のことだ。秘書のコダマが一通のハガキを持ってきた。

「内館さん、お財布を落としたんですか？　こんなハガキが届いてます」

見ると、東京駅の遺失物係からの文が印刷されてあった。

「あなた様のものと思われる財布が届いておりまして、当駅遺失物係で保管してあります。

つきましては、本人とわかる証明書と印鑑と、このハガキを持って一週間以内においで下さい」

文章はこの通りではないが、この内容だった。

ところが、私は財布を落としたことに全然気づいておらず、このハガキを読んでコダマに言った。

「ヤーねえ！　これって絶対に何かの陰謀よ。きっと振り込め詐欺の一種よ」

コダマは首をかしげている。そりゃそうだ。「振り込め」どころか、財布を保管してあるというのだから、陰謀なわけがない。が、私は財布を落としたとは考えてもいない。当然、力いっぱいに言った。

「ストーカーかもね。印刷ハガキなんか使ったってこっちはだまされやしないんだから」

「内館さん、ホントにお財布落としてないんですね」

「落としてないわよォ。昨日、京都駅で『赤福』を買ったもん。これは陰謀よ」

となおも言いつつ、私はいつも財布を入れておく引き出しを開けた。ないッ！　あわてて、京都に持って行ったバッグをひっくり返した。ないッ!!

「コダマーッ！　ないわッ、お財布落としてたわッ。カードから何から全部落としてたわッ。どーしよう」

叫ぶ私に、コダマはハガキを手にキリッと言った。

「大丈夫です。遺失物係に保管されてるんですから、すぐ行きましょう」

私はアタフタし、

「今日はひどいカッコウしてるし、着替えなきゃダメよね」

とどうでもいいことを言うと、コダマはまたもキリッと言った。

「大丈夫です。上から何かコートを着て、ひどいカッコウを隠せばＯＫです。早く行きましょう」

私はクローゼットの一番手前にあったレインコートをひっつかみ、コダマと外に出た。何とピーカンの晴天で汗ばむ気温だ。なのにレインコートをゾロリと引きずって、東京駅に向かうダサさよ。私は汗みずくでコダマに言った。

「赤福を買った後、京都駅で落としたんだわ。誰かが拾って京都駅に届けて、それから東京駅に送られてきたんだわね」

「本当に、全然覚えがないんですか」

「ない。京都から戻ってから一日たつけど、どこにも出かけないで家で原稿書いてたし、お財布を使ってないのよ。落としてたなんて考えもしなかった」

「もしかしたら、現金は抜かれてるかもしれませんし、カードも使われたかもしれませんね」

「うん……、しょうがないわ……。全然気がつかなかったんだから、カードをストップしようもないし」

と覚悟した。

東京駅の遺失物係というところには初めて行ったが、八重洲口の奥まった一角にある。とてつもなく殺風景なのに、どこか懐かしいような昭和の匂いがする一室だった。何の飾りもない古びた室内には、古いカウンターがあり、窓もどこか昭和の匂いがして、特急バスの発着所などが見えた。

私はカウンターにつき、制服姿の係員にハガキを渡した。係員はとても感じがよく、大きな台帳のようなものをバサッと広げ、照らし合わせた。台帳は遺失物一覧らしいが、これがギッシリと手書きである。パソコンでシャラシャラと打ち込む時代にあって、手書きである。ああ、昭和の匂いの嬉しさよ。きっとここに駆けこむ人たちは、この雰囲気に癒やされるだろう。本当にそう思った。

やがて係員は、私の財布を持ってきた。照会番号のついたビニール袋に入っている。すると何とカードはもとより、現金は一円までそのまんまあった。私は驚いて、係員に訊《き》いた。

「あのォ……私はハガキを頂くまで、落としたことに全然気づかなかったんですが、どこに落ちていたんでしょうか」

さすがに係員はあきれたように私を見た。そして、

「ハァ……、気づかなかったんですか」

と台帳を示して言った。

「東京に帰る新幹線の中で、見つかってます。お客様が降りた後、車内清掃するわけですが、その時に清掃係員が見つけて、届けてきました」

そうだったのか。町で落としていれば、よくない人が拾ってカードを使われたり、現金が抜かれたりすることもあったかもしれない。何と有り難い幸運だったことか。

読者の皆々様に申し上げたい。財布と家の鍵は必ず一日に一回、あるかどうかチェックすることだ。

そして東京駅の清掃ルームに、せめてものお礼に仙台の笹かまぼこをお届けしたく、どこに届ければいいか、ぜひ『週刊朝日』編集部にご一報頂きたい。

盗作？

先月、このページに運動会のことを書いた。

私が小学生の時、あまりにかけっこが遅くて、ついにトイレに逃げこんで隠れてしまった話である。そうではあっても、昨今の「手をつないでみんな一緒にゴールする運動会」は間違っているという思いを述べたのだが、ある日、秘書のコダマから電話があった。

「たった今、A社から電話があり、『週刊朝日の運動会のエピソードは、以前に当社のPR誌に書いたものと同じですが……』と言ってます」

私がこのエピソードを初めて紹介したのは、A社のPR誌にである。そこではエピソードだけを細かく書き、その後、『週刊朝日』では「手つなぎゴールの愚」を言うために、その同じエピソードを使っている。

私はコダマに言った。

「もしかして、A社の人は盗作だと思って電話してきたんじゃない？」

「盗作？　だって両方とも内館さんのエピソードですし、そんなの盗作じゃないですよ」

「でも、きっとそう思って心配したのよ。同じエピソードを引用しましたが、盗作にはありませんって、A社に電話してあげて」

現実にこのところ、二件の大きな盗作騒動がマスコミで取りあげられ、世間の話題になっているだけに、A社がナーバスになっていることもありうる。

盗作事件のひとつは少し前のことだが、日本の有名画家がイタリア人画家の作品と酷似した絵を何点も描いて発表した事件だ。もう一件はつい最近の騒ぎだ。日本の有名ミュージシャンの作詞が、日本の有名漫画家の書いたフレーズと酷似しているという問題である。

実は私自身も、「盗作」では二度被害を受けている。

もう十年近く昔のことだが、ある漫画雑誌の編集長と編集者から固い声で電話があり、

「すぐに事情説明と謝罪に伺いたい」

と言う。何ごとかと思ったところ、ある女性漫画家が私のエッセイをそっくりそのまま漫画にしていたのである。私はその漫画雑誌を読んでおらず、見せられて驚いた。もう、そっくりそのままである。

それは私が会社に勤務していた時代のエピソードで、非常に意地の悪い若いOLがいた。今にして思えば、彼女はいわゆるモラハラ（モラル・ハラスメント）をする人だったのだが、

とにかくすさまじい。私もその洗礼を受け、一時期は疲れ果てた。あのすごいモラハラを体験しているので、今、多少のめに遭っても全然こたえない。

それほどの毎日の中で、ある日、ハイミスのお局《つぼね》OLが、私に、

「買いすぎちゃったから食べて」

と、京人参をくれた。そして、何気なくつけ加えた。

「何があっても、面白がってしまいなさいよ」

モラハラの若いOLをさして言っていることは明白だった。世間ではお局OLが意地悪をすると思われがちだが、何でも一般論では語れないものである。

その後、そのお局OLが定年退職する日、すでに退職していた私は、真っ赤なバラの花束を抱えて久々に会社を訪ねた。そして彼女にバラの花束を渡した。思いもせぬことだったのだろう。彼女は真っ赤なバラに泣き、私はかつて真っ赤な京人参に泣いた……というエッセイである。これをそっくりそのまま漫画にしていた。作者はすべて創作だと言い張ったそうだが、読者から抗議があい次ぎ、発覚。雑誌社は確か「追放」に近い処罰をしたと後で聞いた。

もう一件は私がフリーライターだった時のことだ。Bという作家の原稿を渡され、そのあらすじを雑誌に書く仕事をした。雑誌が出た直後、突然、週刊誌の記者が自宅にやって来て

言った。

「内館さんが書いたあらすじを読みました。あらすじはC先生という作家のものとそっくりです。B先生に聞いたところ、それはフリーライターがあらすじをまとめる時に、勝手にC氏の文章を加えて入れたのだろうから、自分は知らないと言っています。このままですと、B先生に盗作の疑いが持たれます。あなたがやったんですね？」

無名の一介のフリーライターは、渡された原稿を素直にダイジェストしただけである。そんな非力な私のせいにするなんて……と衝撃を受けた。これは出版社が明白にしてくれ、冤《えん》罪《ざい》は晴れたが、それまで大企業の普通のOLだった私にしてみれば、恐《こわ》い業界に入ってしまったものだと思った。だが、間もなく、この週刊誌編集部から丁重な詫び状と高級玉露が届き、すぐに非を認めてくれる業界でもあるんだわと妙に安堵《あんど》したことも思い出す。

「盗作」の判断は難しいし、本当に何も知らずに似てしまうこともあろうから恐い。

さて、先のA社に「盗作ではない」と電話をかけたコダマは、私に言った。

「盗作だとはさすがに思っていませんでした。要は『あのエピソードはうちのPR誌にだけ書いてほしかったのに』ということですね」

ああ、この気持ちはよくわかる。

私は同じエッセイは書かないが、同じエピソードはこれまでも使っている。モラハラOL

のエピソードも何度か使っているし、京人参のエピソードも東北大相撲部員の抱腹絶倒話もだ。官房副長官がクールビズ姿で土俵にあがった無知と無礼なんぞは数回使っている。むろん、エッセイそのものは同じではなく、使うエピソードが同じということである。

また、土俵の女人禁制問題をはじめ、強く訴えたいと思うテーマはあちこちに繰り返し書き、エピソードや引用なども同じものを使う場合がある。

ただ、A社のように「うちだけにして」という気持ち、何だかしみた。

ファッションモデルの死

十一月十九日付の『朝日新聞』に、衝撃的な記事が載っていた。各紙でも大きく取りあげられたらしい。

それは日本でも活動していた二十一歳のブラジル人モデルが、極端なダイエットによる拒食症がもとで死亡したという記事である。彼女は昨年、日本での仕事を得たものの、入院が必要となり、ブラジルに帰国していた。記事からすると、おそらく拒食症が始まって、そのための入院だろう。何よりも衝撃的だったのは、今年の四月にブラジルの地元紙の取材に対し、次のように告白していたことである。

「日本で働いている時、やせなければという強迫観念に駆られ、薬を飲むようになった」

身長一七二センチの彼女の体重は、死亡時には四〇キロしかなかったという。

すべての日本人がそうだというのではないが、昨今の「やせ願望」は常軌を逸している。ましてファッション業界となれば、一般人の比ではあるまい。そんな中、言葉もわからない異国にあって、本来は陽気であろうブラジル娘が「やせなければ」と思いつめる。その孤独感はいかばかりだったろう。

日本人の、特に女たちの「やせ願望」は子供にまで広がっている。

今から数年前のことだが、私は取材のために女子小学生と会った。二年生と三年生の女児が六人集まってくれ、私は軽食を出すパーラーに連れて行った。メニューをにらんでいた一人が、

「アタシ、ペリエ。レモンしぼって下さい。ごはんはいりません」

と言い、びっくりする私に胸を張った。

「ごはんとか太るからあまり食べないの。アイスやケーキは絶対食べない。レモンはビタミンCでお肌にいいし、ペリエはカロリーがないから」

すぐに別の女児が言った。

「アタシもアイスティーだけ。ガムシロップはいりません」

私は彼女に訊《き》いた。

「あなたも太るからガム抜きなの？　でも、ごはんは何か頼んだら？」

彼女は首を横に振り、

「太ると可愛い服とか着られなくなるから。炭水化物も減らせってママが言うし、ごはんい

らない」

と答えたのである。

レモンはお肌にいいだの炭水化物は減らしているだの、服が着られなくなるだの、これらは二十代や三十代のＯＬの会話と同じだ。が、現実に九歳の女児のセリフである。

ところが、他の子たちは、

「アタシ、カレー。デザートは苺のアイス！」

「アタシはチーズバーガーとオレンジジュース」

などと口々に言い始めた。

これが当たり前だろうと思い、私が妙にホッとしていると、先の二人の女児がせせら笑った。

「えー、よくそんなもの食べるねー。信じらンない」

「そうだよ。だからアンタたち太ってんだよ」

その瞬間、イヤーな雰囲気が流れ、ごはんやデザートを注文しようとした四人はそろって黙った。そしてその中の一人が、

「アタシもカレーやめよかな。クラスの子たちも太るのイヤって言ってるし……」

と言うなり、先のペリエとガム抜きの二人が力一杯に後押しした。

「そうだよ。太ったらカッコ悪いし、みんなに笑われてバカにされるよ」

するとバーガーだったかスパゲティだったかを頼もうとしていた子が、驚くほどハッキリと言った。

「アタシはやっぱり食べる。だって食べたいもん」

これほど鮮やかな理由はあるものではない。

ダイエットの二人をのぞく三人が、次々に、

「アタシも食べるッ」

となり、今度はその二人がおし黙った。私が、

「二人も食べたい物を食べなさいよ。大丈夫、子供は体の働きがいいから、そう簡単には太らないのよ」

と言っても、絶対に食べなかった。そして、取材の間中、二人はほとんどしゃべらず不機嫌だった。

おそらく、いや間違いなく、二人とも食べたかったのだ。そして、彼女らは他の四人も食べないことを望んでいたのだ。が、四人は思うままに食べた。二人にとって、そのストレスは不機嫌な無口という形になって出たのだと思う。

あの時、敢然と「食べたいもん」と言った子がいたからいいが、もしもいなければ、「太

るとカッコ悪い。バカにされる。食べちゃダメ」ということが植えつけられてしまったのではないか。クラス中がそうならないとは言えないわけであり、恐いことだと思った。まだ小学校二年や三年生が、現実にこうなのだ。

かつて、私は「ダイエットコンテスト」の審査員をやったことがあるのだが、BMIの数値が20を切ると、多くの人がきれいではなく貧相になる。これは発見だった。

BMIとは体重（kg）を身長（m）の二乗で割ったものである。たとえば体重55キロ、身長1・6メートルなら「55÷2・56」で、BMIは21・5になる。

一般人の場合、20〜24が適正値とされる。モデルとはいえ、亡くなったブラジル人女性は13・5である。

月刊『ミセス』十二月号で、料理研究家の辰巳芳子さんが語っておられた。

「人はなぜ食べなければならないかということをずっと考えてきました。ただ、呼吸と対比して考えると、呼吸と等しく食はいのちに組み込まれているという大事さだけはわかります。私は八〇年食べてきたから、〝食べる〟ということは油差しではない、いのちの刷新だということを感じております。いのちを守るということは自分でしかできません」

何と重い言葉だろう。

東スポのトップ記事騒動

このたびはまことにお騒がせ致しました。あろうことか、私は『東京スポーツ』の第一面全面に載ってしまったのだ。

それも駅売りの新聞スタンドでは、見出しの一部しか見えない。その見えた文字が「サプライズ」「内館牧子」「プロレス」だったというから、友人知人も仕事仲間も仰天し、

「大学院の次はプロレスラーになるってのか!」

「プロレスラーと婚約したのか!」

の、どちらかを思ったという。

むろんどちらでもなく、東スポが主催する「プロレス大賞」の特別選考委員になったという話なのである。「プロレス大賞」は二〇〇六年で三十三回目を数え、非常に大きな賞だが、私が選考委員になったからとて東スポの一面を飾るニュースではない。私のプロレスラー転身か、婚約を信じてあわてて新聞を買った友人知人は「よほどニュースのない日だったんだ

な」と口をそろえておりました。

ただ、私が大相撲の他にプロレスとプロボクシングを愛しているのは事実で、しょっちゅう会場で観戦し、専門誌を熟読する。

かなり以前のことだが、「プロレスの楽しみ方」を講義してほしいと依頼されたことがある。確か、どこかの老年大学の類《たぐい》だった。

幾ら愛するプロレスでも、講義する力はないので断ると、主催者が言った。

「みんな老後の楽しみを見つけたいと模索している男女で、大半が六十代以上です。力道山に夢を見た人たちですし、プロレス観戦が老後の趣味なんてカッコいいじゃないですか。専門家より内館さんレベルの人の方がいいんです。ぜひ来て下さい」

当時、私は『週刊プロレス』に連載を持っており、主催者はそれを愛読していることを匂わせ、言った。

「老夫婦と孫が一緒にプロレス会場に行けたら、すごく豊かな老後ですし」

愛読の匂いと、この言葉に動かされ、私は分不相応にも「プロレスの楽しみ方」の講義を引き受けてしまったのである。

当日、あふれるほどの老生徒が集まってくれ、大半は七十代か八十代に見えた。私はまず、彼らがどの程度プロレスを知っているかをはかるため、質問した。

「力道山を知ってますか」

全員の手が挙《あ》がった。

「では、ジャイアント馬場とアントニオ猪木を知っていますか」

全員の手が……挙がらない。八割くらいだ。この二人のスーパースターを知らない生徒たちを相手に、何をどう講義すればいいのか。一介のプロレスファンに過ぎない私が、身に過ぎたことを引き受けるからこういうハメになるのである。が、「老年」に話す場合、最も効果があるのは「ボケ防止」という言葉だ。私はすぐに言った。

「プロレスは他のどんなスポーツを見るより、ボケ防止になります。プロレスはわざと相手の技を受けてみせたり、相手を輝かせる試合をしたりする。それが逆に自分を輝かせるんですね。そんな競技を理解するにはとても確かな頭脳が必要です。さらに、プロレス界は現在まで分裂抗争を繰り返してきましたから、その流れをつかむだけで、ものすごい脳の訓練になります」

根拠はないが間違いあるまい。私はトドメに、

「プロレスは難しいですから、詳しい老人は若い人から尊敬されます」

と言った。

もう教室は完全に私のペースであるが、何しろ老人はマジメなため、ノートに「第一章

分裂抗争の歴史」なんぞと書くのだから、こっちは冷や汗である。私は武家時代になぞらえて講義を始めた。

「力道山は家康です。群雄割拠する多くの武家をまとめて『日本プロレス』という盤石《ばんじゃく》な徳川幕府を作りました。有力な二人の家老がジャイアント馬場とアントニオ猪木です」

生徒は「力道山は家康」「馬場は家老」なんぞとノートしているから困る。そして私が、

「でも家康が死ぬと、馬場と猪木の両家老は反目しあい、お互いに自分の城を持ち、絶交状態になりました。一九七二年のことです」

と言うなり、八十代らしき男生徒が遮った。

「家康が死んだのは、一九七二年よかもっと昔でしょうが」

ああ……。これではとても、この先のインディの歴史なんか理解できまい。が、「インディ」と呼ばれる小さくも魅力的な団体の林立と分裂抗争は、プロレスの楽しみ方として重要だ。私は大汗をかきつつ、懸命にインディの歴史を説明した。すると、今度は老婦人が手を挙げた。

「猪木や馬場は家老として、時々はインドを見回るんでございますか？」

何なんだ？　この質問は。やがて、私はやっと気づき、

「インドじゃなくて、インディですね。これは『独立』という英語から来ていまして……」

と、もう必死の一時間半。が、終了と同時に一人の老婦人が大声で言った。

「プロレスは分裂ばっかりしてるようですけど、みんな仲よくしないといけないと思います」

ああ……私の必死な一時間半は何だったの？　もう破れかぶれで、こっちも力一杯に答えたね。

「その通りです。皆さんも仲よくしましょう」

だが、あの老生徒たちの中で、もしも本格的にプロレス観戦を趣味にした人がいたなら、まず間違いなくボケてはいるまい。私もプロレス大賞の選考委員をやることで心身を活性化させ、次回は「プロレスラーと婚約！」で、東スポの一面をジャックするわ。

名文珍文年賀状

今年も私が頂いた「名文珍文年賀状」をご紹介致します。毎年のことながらホントに笑えます。

★女友達

「猪口となってもトラとなるなかれ！」

うまいッ！　大酒豪の彼女は我が身に言いきかせたのだろう。「たとえ猪口《ちょこ》を重ねても、酔いつぶれてトラになってはいけないよ」と。今年はイノシシにかけて「猛進」にちなんだ賀状が多い中、「猪口」ときたのはこれ一枚！

★中学の同級生（女）

「最近、物忘れがひどくて病気ではないかと思います。体もガタガタで、あと何年生きられるでしょう」

こんなこと、賀状に書くか？　でも、こういう「悲惨もの」の賀状は結構多い。次に「悲惨もの」をまとめて三連発、どうぞ。

★男友達

「倒産、失業、病気、離婚とさんざんな一年でした。もう人間は信じません」

★女友達

「昨年は老いた姑を引きとったものの、介護で私が倒れました。姑を長期引き受けてくれる病院がなく、たらい回しの毎日です」

★三菱重工時代の同僚（女）

「○さんも×さんも今年は定年。私ももうすぐで、後のことを思うと不安でなりません」

いずれも気持ちはわかるし、私もじき経験するだろうが、年賀状くらいは明るくいきましょうよ。と言いつつ、我が身にも刻々と忍びよるらしき、次の一枚。

★東北大ＯＢ（男）

「陰陽学では、あなたは二〇〇七年までは『動乱の時代』。よい年とは云えませんので、どうか穏やかな健康に恵まれた一年でありますようにと祈らざるを得ません」

すごい文章よねえ。が、「算命学」のオーソリティの女友達の一枚は次。

★女友達（算命学者）

「あなた、今年はいい年よ。すごい動乱期だけど、土壇場で大きな力を発揮する天馳星《てんそうせい》がついているから何の心配もないわ」

悲惨な皆さまも、ぜひセカンドオピニオンを得ることをお勧めします。

★東北大学相撲部マネージャー（三名とも女）

「今年こそBクラス昇格をめざし、裏方としてますます力を入れます」

「マネージャーとして至らぬ点を反省し、本年は必ずBクラスをめざし、縁の下から努力致します」

「自分に何ができるかをよく考え、精一杯の力を尽くして参ります」

どうです、女子大生たちのしっかりぶり。私は監督として嬉しいわ。一方、男子部員はトホホですの。

「監督の著書『養老院より大学院』を読んだら、自分のサボり癖が改善しました。誠にありがとうございます！」

このバカモンッ！

「昨年の相撲部忘年会には参加して頂けず残念でした。日程決定が遅くなってしまい、宴会部長として責任を感じています。次回の追い出しコンパはもっと早めに決めます」

責任を感じるのは、宴会よりBクラス昇格だろうがッ。バカモンッ。

「監督、東北大相撲部のために、今年も頑張って下さい」

頑張るのはオマエだろうがッ。バカモンッ。

★東北大ＯＢ（男）

「昨年十一月、学生相撲大会が国技館であると聞き、母校東北大の応援に行こうと思い、問い合わせたところ初日で敗退したとのことで残念でした」

トホホのバカモンども、今年もこういうことになったら、タダじゃおかないからな。わかったかッ！

★亡父の友人（男）

「毎場所、土俵上で元気なお姿を拝見しています」

いいえ、私は土俵上で相撲は取ってないんです……。拙著『女はなぜ土俵にあがれないのか』（幻冬舎新書）をお送り致します。

★三菱重工時代の同僚（男）

「毎場所、土俵際で元気なお姿を拝見しています」

いえ、土俵際《ぎわ》ではなく、土俵下です。「際」は縁起がよろしくないですね。「窓際」とか「往生際《おうじょうぎわ》」とか髪の「生え際」とか。ね。

★本ページの読者（男）

「自分は内館板子さんの大ファンです」

ありがとうございます。でも「板子」じゃなくて、「牧子」なんです。名前の間違いは多く「枚子」と「牝子」もあった。「メスコ」って何かすごすぎ。ま、「板子」は「板子一枚、下は地獄」で、いかにも動乱の年っぽくていいか。頼むぞ、土壇場の天馳星！

また、新春ドラマ『白虎隊』に触れた賀状もたくさん頂いたが、なぜか『新撰組』と間違える人が多い。次の二枚はそのきわめつけ。

★女友達

「新撰組、楽しみです。でも、飯盛山で自刃するのは白虎隊でしょ。牧子は日本史が弱いから間違えたかと心配」

間違えたのはアナタです。

★女友達

「元旦に届いたはずの年賀状に、『新撰組が楽しみ』と書いてしまってすみません。『白虎隊が楽しみ』の間違いですので訂正してお詫びします」

わざわざ、この一枚が速達で届いた。

おかげ様で『白虎隊』は高視聴率を頂いた。この場をお借りしてお礼を申し上げ、動乱かつ土俵際の私は天馳星と共に今年も楽しく歩いて参ります。このページもぜひご愛読下さいませ。

力を失った言葉

昨年の十一月六日のことになるが、「自分は学校でいじめを受けている。十一月八日までにこの状況が変わらなければ、十一月十一日に学校内で自殺する」という手紙が文部科学大臣に届けられた。いじめが原因で自殺を予告した手紙としては、これが第一号だったので、覚えている方は多いと思う。

この手紙に差出人の名前はなく、消印の一部に「豊」らしき字があることから、東京都豊島区の生徒ではないかと推測もされた。

手紙が届いたのが六日で、翌々日までにいじめの状況を変えなければ校内で死ぬというのだから、言うなれば「時限爆弾」を送りつけたことになる。後になって、あの手紙は愉快犯のしわざだとか、大人が左手で書いたものだとか言われもしたが、東京都教育委員会はすぐに情報収集と調査を進め、八日には都内の公立学校全校に向けて、教育長の緊急アピールを送付。これはすべての生徒に対し、命の大切さを訴えた文書である。そして二十四時間体制で「いじめ問題相談」を実施した。私は東京都教育委員だが、この一連の動きは非常に迅速で、適切なものであったと思う。

この後、私に新聞社や雑誌社から取材依頼が続いた。いじめに関する取材ではない。すべてが「言葉の大切さ」や「言葉の持つ力」に関する取材依頼である。これは私自身、予測もしていなかっただけに驚いたが、言葉の持つ力に対し、大きな関心の証拠でもあるといえる。

ただ、これに関しては自分で書くべきだろうと考え、

「『週刊朝日』の連載に書きます」

と申し上げ、取材はすべてお受けしなかった。

ことの発端は、命の大切さを訴えた、先の「緊急アピール」の文章である。それに対し、私が教育委員会で、

「何だか宗教に勧誘するような言葉の羅列ですね。ありきたりな、力のない言葉ばかりで、これによって自殺を思いとどまる子がいるとは考えられません」

と発言したことだ。

むろん、「時限爆弾」を抱えた中で、一刻を争い、緊急アピールを出すだけでも大変なことだ。文章には「死ぬなよ！　死ぬんじゃないぞ！」という熱さと、ひたすら懸命な思いはあふれている。それは「愚直」と言えるほど真っすぐに、行間から匂い立つ。だが、十代の

生徒たちにとって、行間からそれを感じとることはまだ難しいだろう。感じとることができないとなると、愚直なまでにひたむきな文章は、ありきたりで力を持たぬ言葉の羅列としか捉《とら》えられなくなる。たとえば、

「辛《つら》いこと、苦しいことに耐えられなくなったときは、決して一人だけで解決しようとしてはいけません」

「人間は決して強いものではありませんし、一人で生きられるものではありません。多くの人たちに支えられて成長し生きていくのです。互いに支え合っていくのが人間です」

「みなさんの思いを受け止めることは、わたしたち大人の責任です。大人を頼りにしてください」

「力強く生きてください。素晴らしい人生を送ってください。つらいこと、悲しいこと、苦しいことを乗り越えて素晴らしい人生を送ってください」

　という言葉、文章。

　そして、保護者や教師に対して、

「子どもをよく見つめ、子どもの気持ちに、子どもの思いに寄り添ってください」

「どれほど、子どもたちがかけがえのないものかを伝えてください。子どもに、苦難を乗り越えていく勇気を与えてください」

「『わたしたちが、あなたを守り通します。』と、子どもたちに力強く伝えてください」

という言葉、文章。

重ねて言うが、「時限爆弾」を抱え、それに関する多くの緊急対処をなさねばならぬ中、アピールの文章を書く大変さは痛いほどわかる。それを承知の上で、どういう言葉が力を持つのか、敏感になっておく必要があると自戒をこめて思う。

三年前、私が東北大大学院で「宗教学」を専攻すると知った人たちから、かなりの数の手紙や電話を頂き、宗教への勧誘を受けた。知人からばかりではなく、見知らぬ人たちからの勧誘も多かった。「宗教学」と「信仰」はまったく別のものなのだが、勧誘する人たちは、どうも私が人生に悩んで宗教を学ぼうとしていると考えたらしい。

その勧誘者たちは、

「人は一人では生きられない。支え合おう」

「信仰は苦難を乗り越える勇気をお与え下さる」

「自分はかけがえのない人間だということが、きっとわかります。それこそが素晴らしい人生とイコールなのです」

ということを私に語り、手紙に書き、やはりそこには熱さと必死さがあった。私のためにそこまでしてくれる心を、本心から有り難いと思ったが、彼ら彼女らの言葉にはどうしても力を感じることはできなかった。

「素晴らしい」も「かけがえのない」も「一人では生きられない」も「支え合う」も「乗り越える」も、あまりにも日常的に使われすぎて、本来の力を失ってしまっている。本来は非常に重く、意味のある言葉なのだが、今では綺麗ごとの空疎感ばかりが漂い、うんざりしてしまう。

命の大切さ（これも力のない言葉だ）を訴えるには、どんな言葉を選び、どんな文章を書けばいいのか。それは簡単なことではないし、受け取る側の感覚も多種多様だろう。ただ、力を失った言葉を避けるということだけは、心しておく方がいいように思う。

殺害の動機

東京の開業歯科医宅の次男が、妹を殺害して遺体を細かく切断するという事件があった。殺害の動機は色々と言われているが、歯学部三浪中の次男に対して、妹が、

「(お兄さんには) 夢がないね。私にはある」

「(お兄さんは) 勉強しないから夢がかなわない。私は勉強しているから夢が持てる」

と言い、三浪中の次男がカッとなって殺したという一因が報道されている。

また、ほぼ同時期に、東京の外資系会社員が妻に殺害され、バラバラに切断されるという事件が続いた。犯人である妻は、夫のひどい暴力にあっていたそうで、犯行の動機として、

「自分を否定され、家庭内暴力を受けていた」

と答えたことも報道されている。

いずれの事件も、殺害の理由は複合的なものであろうし、犯人たちが口にしている理由はごく一部分だと思う。現実に、兄妹間や夫婦間の様々な問題が取りざたされている。だが、

妹や夫からの言葉は、いずれも、「人格を否定された」という気にさせるに十分だったのだろう。それは殺害につながってもおかしくはないように思い、私は関心を持った。

もしも、次男が三浪中ではなく、すでに歯学部に入っていたとか、あるいは歯科医にかわる道を見つけて歩き出していたなら、妹に何を言われても気にならなかったかもしれない。また、妻は暴力を受け続けるという地獄にいなければ、多少の言葉は聞き流せただろう。

しかし、次男は「三浪」のまっただ中。長兄は父母と同じ大学の歯学部学生であり、自分は勉強してもしても、そして三年かけても合格できずにいる。自分としては歯科医は「夢」だ。そんな時、妹から、

「夢がない」

「勉強しないから」

と言われれば、後先わからなくなるということはありうる。

もう一件の妻の方にしても、夫がどんな言葉を吐いたのかはわからないが、病院に運ばれるほどの暴力を受ける中で、「自分を否定され」る言葉を浴びせられていたとしたなら、「八つ裂きにしてやる」と発作的に思っても不思議はない。

個人の人格や尊厳を否定するような言葉とはどんなものを指すのだろうか。考えられるのは「出自」、「国籍」、「身体的なこと」、「これまでの人生《キャリア》」、「家族」、「学歴」、「職業」、「地

位」、「収入」などだろうか。そこに「貴賤」の匂いをこめて言われると、それは個人の人格、尊厳を否定されたこととしてグサッとくるだろうと思う。むろん、ほとんどすべての人間が、これらの幾つかについて一度や二度は言われているはずであり、殺害にまで至らないのが普通だ。だが、場合によっては一生忘れない言葉として、身に刻《きざ》まれる。

私の知人で、すでに九十代になる老婦人は、夫を三十年も昔に亡くしている。だが、彼女の口から私が幾度となく聞いているのは、新婚間もない時のことだ。

「平凡な見合い結婚でしたが、新婚の頃に夫が言ったんですよ。『僕の姉も妹も琴を習っていて、琴が弾ける。お前は弾けるか？　琴を弾いてみろ』って」

その老婦人は忙しい商家に生まれ育ち、琴とは無縁の暮らしをしてきた人だった。結婚当時、十八歳かそこらだった彼女が、九十歳を超えた今もそれを言う。夫はとうに鬼籍に入り、幾人ものひ孫がいる今も、それを忘れていない。たかが「琴」とは言えない。夫の言葉は、彼女の尊厳を傷つけるものだったのだ。おそらく、娘にたしなみを習わせない親を否定され、多忙な商家をガサツな職業と否定され、夫の姉妹と比較され貶《おとし》められ、バカにされたと思ったのではないか。きっと、口にした夫はすぐに忘れていただろう。悪気はなかったはずだ。

だが、「悪気がない」は通用しない場合が多々ある。

私が二十四、五歳の頃、

「牧子ちゃんにとてもいいお話があるのよ」

と、ある人がお見合いの話を持ってきた。相手は医者で、次男だった。両親も医者で、長男も医者で、姉も妹も医者だった。六人家族全員が医者ということになる。

見合い写真の男はヘナヘナしたタイプで、私は「張り手一発で土俵の外に吹っとぶ男」はすべてお断りなので、すぐに断った。が、実は私に写真を見せる前に、母がすでに断っていたのである。母は、

「こんなところにお嫁にやる親がどこにいるのよ。おさんどんと掃除に行くようなものよ。ごはんの時は一家六人が手術だ、患者だって話をして、嫁は『おみそ汁、おかわりいかがですか』なんてお盆を出すのよ。医者じゃない自分が否定されてどんどんみじめになって、人生を棒に振るわ。だからもう断ったわよ」

と言った。私が、

「張り手一発で土俵の外みたいなタイプは困ります、なんて言ったの？」

と笑うと、母も笑った。

「ううん、『ご立派な医師一家なら、お嫁さんもお医者様の方がよろしいでしょう』って断ったら、間に立った人がね、『いいえ、先方様は、医師ではない並のレベルをご希望で、しっかり家を守ってほしいんだそうです』って言ったわよ。クワバラ、クワバラ」

かくして、並のレベルの私は、人格を否定される人生を回避できたのである。

先の二件の殺害事件は、ややもすると猟奇的にとらえられるが、「琴を弾いてみろ」という一言が、殺害に至ってもおかしくないほど、人格や尊厳を否定する言葉は重い。

もらい方は難しい

女友達が会うなり、

「ちょっと電話させて」

と携帯電話をかけ始めた。相手が出ると、彼女は張り切った様子で言った。

「もうメッチャおいしいクッキーをたくさん頂いたのよ。忘れないうちに電話したんだけど、食べる？　食べるならすぐ送る」

相手は何か答えているようだ。それを聞いていた彼女は、しらけたように、

「ああ、そう。うん、じゃあ、送るね……」

と言い、電話を切った。電話をバッグにしまいながら、明らかに不快な表情をしている。

もしも、相手が、

「食べる！　ありがとう！　送ってね、待ってる」

と答えたのなら、

「わかった。すぐ送るッ」

と嬉しそうな表情をするはずだし、もしも相手が、

「ごめん。うち、誰もクッキー食べないのよ」

と答えたなら、

「何だァ、残念。おいしいのにィ」

とでも言い、こんなにえもいわれぬ不快な表情はしないだろう。

私はピンと来て、彼女に言った。

「今の電話の相手、クッキーを送るけど食べるかと訊《き》かれて、『あれば食べますけど』って答えたんじゃない？」

するど彼女、びっくりしたように私を見つめた。

「どうしてわかったの？」

実は私も、何回かそう言われた経験があり、つい先日もそう返事をされてムカついたばかりだったのだ。地方に出かけ、おいしいものを買って来たので、張り切って知人に電話をかけた。何とその知人、答えた。

「ええ、あれば食べますけど」

私はごく普通に、

「じゃあ、送りますね」

と言い、送らなかった。こんなヤツに誰が送るか。そう思い、すぐに別の二人に電話をすると、一人は、

「食べます！　すぐ欲しいから取りに行きますッ」

と言い、もう一人は、

「ちょっとォ、私、明日から海外出張でしばらく留守なのよォ。がっかり」

と言った。もらうにせよ、断るにせよ、それはどちらでもいい。だが、

「あれば食べますけど」

という答え方はない。断じてない。おいしいものをおすそわけしようと張り切った自分がみじめになる。厚意をペチャンコにする答え方は、断じてよくない。

クッキーの彼女は、

「私、『あれば食べるけど』なんて言われたの初めてで、びっくりしちゃったけど、ふーん、そういう人って他にもいるんだ……」

とあきれていた。そして、私が何も言っていないのに、

「私、クッキー送らないわ。あんな教養のないヤツに誰が送るかって」

と同じことを言い捨てた。

その言葉を聞き、私は「そうか、これは教養の範疇《はんちゅう》か」と妙に納得した。物をもらうという行為は案外と難しいもので、その人の品性が出る。もしかしたら、「あれば食べますけど」と言った人は、本当は欲しくてたまらなかったのに、物欲し気に思われたくないとか、うちだって十分に色々ありますからということを示したかったのかもしれない。あるいは、本当に欲しくないのに断りにくくて、そう言ってしまったこともありうる。だが、どんな状況でも「あれば食べますけど」という言い方をせずに、断るなりもらうなりするのが「教養」「品性」というものかもしれない。

ずっと昔、私はナマ物をたくさん頂いたことがあった。ちょうどうちに来た仕事関係者に、

「奥さんに持って行く？」

と訊くと、喜んでくれた。すると次に会った時、彼は、

「女房がサ、こんなにたくさんもらっても迷惑よって。内館さんってバカじゃないのだってサ」

と言い、笑った。私の驚きと衝撃といったらない。女房と陰でどう言おうと構わないが、贈り主を前に平然とこう言うのは、やはり品性、教養の問題だろう。

また、これもずっと昔のことだが、ある女の人を祝うパーティがあった。私は男友達と一緒に出席したのだが、彼はものすごくセンスのいい花束を抱いて来た。一色でまとめたそれ

は本当にすてきで、彼がかなり気を遣《つか》って作らせたとわかる。花束を手渡された彼女は、とろけるような笑顔を見せて叫んだ。

「すてき！　すてきだわァ。ありがとう！　嬉しいわ！」

ここまではいい。次に彼女は言ったのだ。

「この色もこの花も、主人が大好きなの。主人、どんなに喜ぶか！」

むろん、彼は彼女に恋心なんぞ持っていないし、夫と子供がいることも知っている。が、彼女を祝う会で彼女のために作らせた花束に対し、「主人が喜ぶ」と言う女はバカである。まったく空気が読めていないし、人の気持ちがわかっていない。あの夜、彼はバーのカウンターで、私に言った。

「あのレベルの女だったか。底が割れたな」

が、この類は割と多い。かつてナイスミドルの上司にバレンタインのチョコをあげたＯＬが、私に言ったことがある。

「もう最悪。『ありがとう！　このチョコレート、うちの娘が好きなんだ』だって。もう少しセンスのいい男かと思ってた」

そういえば以前、女性芸能人が「もらい物が多すぎてイヤ」と言い、一部の贈り主の実名までテレビでぶちまけて離婚会見をした。ここまで来ると無教養なのか大らかなのか、私に

はとても判断できないが、浮世離れしていて、

「あれば食べますけど」

よりはずっと愉快であることは間違いない。

五年たっても二十七歳

何とついに、東北大学相撲部員が大相撲からスカウトされた。

それは一月二十七日のことだ。名古屋大学の相撲部道場で、序ノ口力士舛名大《ますめいだい》の激励会があった。

舛名大は「初の旧帝国大学出身力士」などと、相撲そのものとは関係のない騒がれ方をしたが、相撲の方もみごとで、先場所は六勝一敗という好成績をあげ、序ノ口の優勝決定戦に出場した。優勝決定戦は、たとえ序ノ口であっても千秋楽の夕方に超満員の観客の前でやり、TV中継もされるので、ご覧になった方も多いだろう。結果として優勝はできなかったが、卒論とゼミのために名古屋大学と国技館を往復しながら、よくここまでの成績を残せた。

その激励会には、名古屋大学総長をはじめ、教授陣や応援団がかけつけ、道場は超満員。舛名大が入門した千賀ノ浦部屋の親方（元関脇・舛田山）夫妻もいらしており、報道陣もすごい数である。東大や立教などの相撲部は東京から、東北大相撲部は仙台から、もちろん馳せ参じた。

普通、「激励会」というとホテルやレストランでやるケースが多いが、今回は「大学の相撲道場」というのがいい。名大と他大学の相撲部員、そして舛名大が稽古を見せるのである。客は土俵脇の上がり座敷にギッシリと並び、見る。終了後はそのまま道場でチャンコ鍋を囲んで会食。すごくいい激励会だった。

私は各大学の相撲部ＯＢや相撲関係者から、

「内館監督、東北大の綿貫って学生はいいですねえ」

などと声をかけられてはヘニャ〜と喜んでいた。そう、今年はＢクラス昇格をめざすのだから。するとチャンコを囲もうという時、千賀ノ浦親方が言った。

「監督、綿貫君と話させてくれませんか。彼、うちでやってみませんかね」

な、何と!!　綿貫雅俊は前主将で、経済学部三年生。気性も男っぷりもいいヤツで、他大学の相撲部監督たちからも呼び捨てにされて可愛がられている。どんな企業に入っても、上司から愛され、部下から慕われるタイプだが、オッチョコチョイなのでライバルにだまされたり、ワナにハマったりしないかと、監督としては就職先を吟味する必要を感じていた。さりとて、力士になるのは無謀だろう。舛名大のように、序ノ口優勝にからめる力があるとは思えない。が、本人がやりたければ、やるのもいいなァ。一回きりの人生、劇的なだけでも面白いものなァ。

千賀ノ浦親方から入門を勧められた綿貫は、緊張しながら大真面目に断った。

「入門できません。自分は就職活動用のスーツを作りましたから」

もう、このオッチョコチョイが！　こんな断り方がどこにある。すると親方、ケロリと言った。

「スーツなんか誰かにやっちまえよ。俺も大学出る時に就職決まってて、スーツ作ってたんだよ。だけど友達にやって、この世界に入った。な、綿貫君、力を試してみろよ」

チャンコで会食中の相撲関係者はもう大喜び。名大相撲部の細谷辰之師範は、

「綿貫、舛名大と同じ部屋なら心強いだろ。やってみろ。お前はいい出足してるし、根性もある。もし入門しないなら、もう名大道場に出入り禁止だぞ」

とけしかけるし、親方は、

「五年間だけやってみろよ。それでダメでも綿貫君はまだ二十七歳だ。十分にやり直しがきく。逆にサラリーマンを五年やってから力士になるのは難しいよ。だから、今の自分の能力を生かすことをよく考えろ」

と畳みかける。

親方は熱っぽさに加え、とても弁が立つ。それにご自身も大学相撲部の出身な上、幕下の

栃の山など学生相撲出身者を抱えているため、学生の心理に沿った話もするし、その剛柔の使い分けはさすがである。細谷師範に、

「綿貫の四股名は決まった。『舛東北』だな」

と言われ、もう綿貫はニッチもサッチも行かない。すがるように私を見て、

「監督……」

と助けを求める。私はよしよし、わかってるよという目とは裏腹に、

「綿貫、相撲部屋に入門なんて人生、誰もができないわよ。あなたは舛名大に勝ったこともあるんだし、親方を信じてやってみたら」

と言ったものだから、もう彼は土俵際。徳俵の剣が峰。そこをすかさず、親方のおかみさんが柔らかい笑顔で、優しく言う。

「そんなに攻められてもねえ、綿貫さん。入門とは関係なく、一度チャンコを食べに遊びにいらっしゃい。お相撲さんが作るチャンコ、おいしいから」

大食漢の綿貫は一瞬にしてニコニコし、

「はいッ。伺いますッ」

ときた。そして、私に小声で言った。

「おかみさん可愛いし、俺、遊びに行っちゃいます」

私も小声で言った。

「いいけど、昔の力士はみんな『飛行機に乗せてやるから遊びに来い』とか『東京見物に来い』とか言われて行って、入門させられたのよ。覚悟はあるのね」

綿貫が力士になれるとはとても思えないが、親方は他の学生には目もくれず、綿貫だけに声をかけてくれたのだ。それは今後、彼の人生の大変な拠《よ》りどころになるだろう。

そして、私は心のどこかで思ってもいる。サラリーマンばかりがいいわけではないと。それは入社と同時に定年をめざす人生なのだから。二十代の前半、舛名大のように思い切ったことをやるのも悪くないと。

五年たっても二十七歳という幸せ、若いうちはわからないだろうなァ。

規範意識の喪失

テレビ朝日の新春ドラマ『白虎隊』を見た全国の視聴者から、今もまだ手紙が届く。高視聴率だったとはいえ、放送からすでに二か月近くになろうというのにだ。

手紙の大半は、

「ドラマの冒頭部分の現代劇で、挨拶もろくにできない孫を祖母が叱り飛ばし、さらに、躾《しつけ》ができない親をののしるところが実に気持ちよかった。大人として反省させられた」

というものである。

この「冒頭部分の現代劇」というのは、白虎隊の物語に入る前に、「導入部」として入れた現代日本のドラマである。

ラブホテルから朝帰りの若い男女が地べたに座り、物を食べながらケータイでメールを打っている。投げ出した脚に通行人がつまずきそうになろうがお構いなし。帰宅途中で誰に挨拶されてもすべて無視。それを見た祖母が首根っこをふんづかまえて叱り飛ばす。躾をしない親をも激しく叱責する。これが全国から喝采を頂いたわけである。

　この「品格」なき現代日本の導入後、百四十年前の白虎隊物語に入る。そこには正しく挨拶をするばかりか、きちんと規範意識を持つよう躾けられた少年少女が出てくる。厳しく躾ける親や大人たちもたくさん出てくる。誰しも「ああ、わずか百四十年で、日本人はこうも品格なき国民になり下がってしまったのか」と実感するだろう……というのが、私の狙いであった。

　私は現代日本人から最も失われたものは「規範意識」だと考えている。つまり、「人としてこうすべきだ」という規範をなくした。「個人の自由」だの「個の尊重」だのが過剰にもてはやされ、「人として、なすべきことはなさねばならない」という考え方は人権無視だとか危険思想だと言う人たちさえいる。結果、挨拶もろくにできない国民が「普通」になってしまった。

　挨拶は「個人の自由」の範疇ではなく、なすべき「規範」である。だが、規範意識が失われた今、挨拶できないのは若者ばかりではない。挨拶できない大人も「普通」になっている。

　私が大学院生として仙台に住んでいた時、東京から仕事関係者がやって来た。彼が泊まっているホテルで一緒に朝ごはんを食べようということになり、翌朝、私はそのホテルに行った。食堂に向かうため、彼とエレベーターに乗っていると、客室階から中年の男が乗ってきた。むろん、見知らぬ宿泊客だが、狭いエレベーターで目が合い、彼はその男に「おはようございます」と言った。男は無言である。目が合って挨拶されているのに無視である。すると何と、その男に向かって彼は言ってのけたのだ。

「あれェ！　この人、挨拶できないんだァ！」

男はあわてて次の階のボタンを押し、逃げるように降りて行った。

また、ある出版社で私の担当になった女性編集者は二年半というもの、一度も挨拶がなかった。普通、担当になると顔を合わせ、お互いに挨拶しあう。だが、まったくナシのつぶて。電話一本ない。私の秘書のコダマが幾度か「どこかでご挨拶を」と伝え、同社の編集者たちも「早く挨拶しておけ」と言ったそうだ。しかし、まったく気配さえない。当然、彼女は何か企画を提示することもなく、増刷のたびに一筆箋に「お陰様で……」という型通りの文を送りつけてくる。私もコダマも面倒になり、サジを投げた。結局、私は彼女の声さえ聞いたことがないまま、二年半が過ぎた。すると先日、突然、担当を交代させるという連絡が出版社から入り、間もなく彼女から手紙が届いた。

「前々任者が体調をくずして異動したため前任者の者への引きつぎがうまく行かず、その流れの中でお目にかかることもかなわないままでしたことが大変心残りでございます」

とあった。これにはコダマと大笑いした。前々任者が病気で異動したことと、二年半も挨

拶ひとつできないことをつなげるのは無理である。「その流れの中でお目にかかることもかなわないまま」と書くが、

「その流れって、どんな流れですか？」

と訊かれたら、彼女は答えに窮するだろう。ともかくここには人としての、また編集者としての規範意識は皆無である。こんな厚顔無恥な言い訳をひねり出して酒の肴《さかな》にされるより、なすべき時期に挨拶をかわしておけばいいのである。

またある時、友人と映画を観た後、その友人のマンションに立ち寄った。二人でロビーに入ると、七歳か八歳かという少年と両親に出会った。友人は笑顔で、

「××君、こんにちは」

と言った。××君は無言でソッポを向いている。すると母親が促した。

「ご挨拶は？」

××君は怒鳴った。

「いいのッ。しないのッ」

すると父親が、

「困ったヤツだなァ」

と××君の頰を優しく指で突つき、母親も、

「ホント、困ったちゃん」

と笑い、三人は去った。

友人が不愉快そうに、

「今にあんなガキばかりの日本になるんだ。親が悪い。何だ、あの甘さはッ」

と言ったが、ホテルのエレベーターの男にせよ、女性編集者にせよ、この両親にせよ、大人に規範意識がないのだから、そんな大人に育てられた子供に何かを期待する方が無理だ。

百四十年前、白虎隊の少年たちのみならず、幼児までが「ならぬものはならぬのです」と厳しく教えられ、規範を守って生きた。

あの頃の人々が、今の日本人を知らないのは幸せなことである。

帽子の下

引き出しの中を片づけていたら、アパホテルの割引券が出てきた。

全国展開しているアパホテルだが、今は耐震強度偽装問題と安倍総理との親密問題で、マスコミを賑《にぎ》わしている。

私がその割引券をもらったのは、今から三年か四年か前のことで、派手な帽子がトレードマークの元谷芙美子社長が、それこそ連日のようにマスコミに登場している時期だった。

その夜、私は男友達と六本木の割烹店で食事をしていた。すると、カウンターにいた私は背後から声をかけられた。

「内館さんですよね？」

振り向くと、ひときわ華やかな帽子の元谷社長が立っていた。

「アパホテルの元谷と申します」

と笑顔で自己紹介し、私と男友達に名刺を差し出した。私は名刺を持っていなかったのだ

が、男友達は自分の名刺を渡した。すると元谷社長はそれを見て、

「あら、外科医なんですね。では学会などで全国に行かれるでしょ。ぜひ、アパホテルをご利用下さいな」

と言い、バッグから割引券を取り出した。

「これ、使って下さい。内館さんもどうぞね」

その時、たまたま奥の個室から、ご主人の元谷代表が出てくると、彼女は私たちに紹介し、そして、

「じゃ、失礼します。アパホテル、きれいで便利で安いんですよ。ごめんなさいね、お食事中のところ」

と言い、立ち去った。

私に声をかけてから立ち去るまでの動きは流れるように無駄がなく、立ち話のセールストークはみごとに過不足なかった。確かに帽子は狭い店がふさがるかと思うほど大きく派手だったが、彼女自身からは押しの強さは感じず、むしろ可愛らしい印象の人だった。

私は男友達に、

「テレビで自宅や持ち物を自慢気に公開してる人にはとても見えないわ。あんなこと、やめればいいのに」

と言うと、彼は、

「自社の広告塔だと割り切ってやってるんだろ。その姿にしてもここでのトークにしても、たいしたプロ意識だよね」

と言った。

それきり、元谷社長と会うこともなく、アパホテルを利用する機会もなく、割引券はしまい忘れたまま三年かそこらがたった。そして先日、耐震強度偽装問題で涙ながらに謝罪する社長の姿をテレビで見て、びっくりした。

それは帽子をかぶらずに謝罪会見をしていた姿である。後で知ったのだが、会見の冒頭ではかぶっていて、途中で脱ぎ捨てたのだという。私はその行為の理由と結果に関心を持った。

おそらく、トレードマークとして常にかぶっていた帽子を脱ぐことで、誠意を示したいというのが理由のひとつだろうと思う。詫びる時や反省を示す時など、よく丸坊主になったり、髪を切ったりして思いを示す。マゲがトレードマークだった国会議員の松浪健四郎さんも、不祥事の後にマゲを切り落としている。

現実にマスコミは「帽子を脱いだアパ社長」として大きく取りあげたので、目的は達したと思う。

ただ、私は帽子の下のあの頭髪をさらしたことが、結果としてよかったのかどうか、判断

できない。もちろん、帽子をかぶったままで謝罪すれば、それがたとえ地味な形でも、

「この期《ご》に及んで、まだ帽子か」

「たとえ女性でも、帽子の頭を下げても謝罪にならない」

と叩かれるのは目に見えている。

私が気になったのは帽子の有無ではなく、元谷社長の頭髪があまりにも薄かったことだ。頭のトップもサイドもペチャンコで、海草が揺れるように分かれて頭皮に貼りついている。むろん、帽子を脱げば誰しも必ず、髪はペチャンコになっているものであり、それは致し方ない。

だが、ずっと美容室に行っていないような形と、あの薄さからは、日頃の手入れの跡が見えにくい。彼女は私より一歳しか上でないはずだ。私は同年代の女友達を幾人となく思い浮かべたが、間違いなく髪はもっと豊かで、定期的に美容室で整えている。

あの頭髪は、取るものも取りあえず、なりふり構わず駆けつけたという誠意を感じさせたことにはなったかもしれない。

しかし、今回の不祥事をすべてクリアにした後、再びホテルビジネスを続けようというのであれば、あの頭髪を見せてしまったことは大変なマイナスではないだろうか。

少なくとも、もう彼女は広告塔にはなれない。どんなにすてきなホテルを新築したとして

も、反射的にあの頭が浮かぶ。また、二度と帽子をかぶってビジネスはできまい。帽子の下を見てしまった以上、マイナスのトレードマークになってしまう。そして、日頃の手入れを感じさせない頭髪は、誠意を見せると同時に、これまでの辛苦の日々をも彷彿《ほうふつ》させてしまった。忙しさのためとはいえ、自分に手をかけないライフスタイルを感じさせてしまった。これはホテルというビジネスにはまったく合わない。

「成り金的」と言われようが、帽子を華やかなトレードマークにし、豪邸や人脈をアピールした懸命な努力は、帽子の下を見せてしまったことで一瞬のうちに無に帰した。私にはそう思えてしかたがない。

かつて、割烹店で感じた可愛らしさがなぜか甦《よみがえ》る。思えば、突然帽子をかなぐり捨てたのも、可愛らしい。過不足ないセールストークではなく、可愛らしさが甦ると妙に悲しくなる。

つける薬はあるか？

脚本家の大石静さんが『婦人公論』２月22日号に書かれたエッセイを読み、

「ああ、怒っているのは私だけじゃないのね」

と、久々に大石さんに会いたくなった。

彼女が何を書いているかというと、テレビ局で深夜まで打ち合わせした後に、プロデューサーやディレクターと一緒に制作部の部屋に戻った時の話だ。何と入局したての若い女子局員が、机に足を乗せてハンバーガーを食べていたという。そして、脚本家やプロデューサーが戻ってきたのを見ると椅子に背をあずけたまま首だけねじって「お疲れ様」と言い、またハンバーガーを頬張ったそうだ。

プロデューサーたちはそういう礼儀知らずに慣れているのか何も言わなかったというが、大石さんはキレた。そして次のようにエッセイで書いている。

◎

「足を下ろしなさい！」

私は思い切りドスのきいた声で言った。すると彼女は、キョトンとした顔で私を振り返り、ゆっくりと足を下ろしたが、悪びれた様子はまったくない。

「上司が夜中まで打ち合わせをして戻ってきたのに、足を上げたまま出迎えるなんて信じられない。これからは立ち上がって、お疲れ様と頭を下げなさい」

これだけ言うと、私はその場にぶっ倒れそうになるほど疲れた。若い子を叱るというのは、心も体もこんなに一気に消耗するものなのかと愕然とした。（中略）

目上の者の前で、机に足を上げていていいかどうかなんて、勤め先で教育する以前に、家庭で教育されていてしかるべきである。たとえ教育されなくても、夜中まで働いている者へのいたわりの気持ちがあったら、足を上げたままでいられるはずもない。

◎

大石さんが激怒したのは当然だ。この女性局員もそうだが、世の中にはカン違いしやすい職場というか、職種というか、そういうものが確かにある。テレビ局や新聞社、出版社、広告代理店、文化人と仕事をするイベント組織などというのも、とかくカン違いに走る人が多いジャンルだろう。

ちょうど大石さんのエッセイを読んだ頃、私もカン違い女にブチギレていた時だった。一人は文化イベント組織の女性プロデューサーである。私に電話をしてきて、とても丁重に言う。

「シンポジウムを開催しますので、東北大の学生さんにも出て頂きたいんです」

聞けば堅いシンポで、パネリストの学者たちも高名だ。東北大の学生に何をせよというのか。私は、

「宗教学の院生にでも何かしてほしいとご希望なんでしょうか」

と言うと、

「いえ、相撲部の皆さんに出て頂きたいんです」

と答えるではないか。あんな高名な学者たちと一緒に相撲部員が出て、何をするのか。もとより、シンポのテーマは相撲とも学生スポーツともまったく関係ない。私は再度問うた。

「宗教学の院生なら、まだわかるんですけど、相撲部員ですか？」

「はい。相撲部員です。堅いシンポですので聴衆は疲れると思うんですよね。ですから、間に何かやって頂いて、聴衆が肩の力を抜いたり、楽しんだりする時間を取ろうと思いまして。ぜひ相撲部員に何かステージでやって頂きたいんです」

私も大石さんのように、思い切りドスのきいた声で言った。

「なるほど、何か芸をしろっておっしゃるんですね」

相手は少しあわてた。

「いえ、すみません。私はシロウトなもので」

「すみませんが、うちの部員は猿より芸がないもので、無理です」

「あの、いえ、私はシロウトなもので、すみません。いえ、留学生もいると伺い、マワシ姿で舞台に立って出身地とかを言うだけでも聴衆は楽しいかと……」

謝りながらも譲らない。それは柳沢厚生労働相が、

「女性は産む機械」と発言した後、

「まあ、機械って言ってごめんなさいね」

と謝りながら平然としていた図式と同じだ。

むろん、私は相撲部員の「出演」をピシャッと断ったが、こんな無礼はあるものではない。高尚なシンポに呼んでやるから芸くらいしてよという傲慢さが見え隠れする。

もう一人は某テレビ局の女性ディレクターである。私に番組出演依頼をしてきたのだが、関心のあるテーマなので受諾した。彼女は喜んでくれて、

「打ち合わせ日と収録日、それぞれ何日かご都合のいい日を出して下さい」

と言う。秘書のコダマはすぐに、何日かずつの候補日を出した。ところが四日たっても五日たっても返事がない。コダマが催促の電話をかけ、

「他のスケジュールを入れる都合もありますので、早めに決めて下さい」

と言ったのだが、八日たっても九日たっても返事がない。とうとう私はコダマに言った。

「もう断って。私、出ないわ。他人のスケジュールをここまで引っぱって平気っていうのは、『出してやる』って態度なのよ」

コダマは言った。

「実は……そういう上からものを言う感じの人です」

そして、コダマが断ると、

「あら、連絡が遅いからってだけで出ないんですか」

と、ハンバーガー女と同じで、全然悪びれた様子がなかったらしい。私は「こいつらにつける薬はないわ」と思いつつ、大石さんのエッセイの締めの名文を思い出していた。

「確かに愛ある説教ではなかったかもしれない。でも愛ある説教をするほど、彼女を愛してもいなかった」

腰抜け文化

私は、自分で書いた文章に（笑）とか（泣）とかをつけることが大っ嫌いである。ところが、最近は手紙でもメールでもＦＡＸでも、つける人が非常に多い。さすがに文章を生業《なりわい》にしている人にもいるくらいであり、一般的にはもはや当たり前に多用されている。

これはパソコンにおける絵文字と同じ「文化」だと言う人も少なくない。私はパソコンもメールもやらないので知らなかったのだが、調べてみると確かに多彩な絵文字があり、泣いている顔やら笑っている顔、励ましていたり、謝っていたり、お願いしていたり、何十種類もある。文章に合った絵文字を選び、加えるという意味では、（笑）や（泣）と書くことも絵文字の感覚と言える。それらは、パソコンが普及する以前にはなかったので、新しい「文化」と言ってもいい。

だが、よく考えてみるとこれはとても「腰抜け文化」である。パソコンで絵文字を使う時、人々は間違いなく、あるここちよさを感じたのだ。そのここちよさを手書きの文章や私信にも何とかして使いたい。おそらく、それが（笑）や（怒）を自分で書きこむという方法を生み出した。

そのここちよさとは、書いた内容をさりげなく「冗談めかす」ということだ。「きつい言葉」や「鋭い言葉」や、また「本音」や「本心」を書いても、（笑）や（怒）を加えると、それが一気に冗談っぽくなる。明らかに言葉や内容が弱められ、本心や本音は冗談めかされるという効果がある。それはとてもここちよいことなのだと思う。

ただ、これらは本来的なジョークではないし、ユーモアでもない。絵文字も（笑）も（泣）も文章ではなく、記号である。記号の添付によって、本人がここちよくなっているに過ぎず、「文化」としては低俗なランクだと私は思っている。

たとえば私信で、

「A子にはすごく腹が立ちました。あんな態度はないと思います。彼女に会ったらハッキリと追及してやるつもりよ（笑）」

と、ここに（笑）があると一気にゆるくなる。甘くなる。「冗談よ」という思いがアピールされ、それが本人には安堵感であり、ここちいいのだろう。

そしてたとえば、

「最近、すごく太って困っています（泣）。もはやダイエットクッキーを買うしかありません（笑）」

と書く。ここでも（泣）と（笑）が彼女の本音を弱めている。少なくとも本人は弱めているつもりであり、「冗談よ、そこまで深刻じゃないわ」と本心が出ていないつもりでいる。だからここちよい。

だが、読む側にとっては逆に本音が明確に浮かびあがる。決して冗談にはなっていないとバレることが多々ある。本来、笑ったり、怒ったりという感情は強制されずにわきおこるものだ。それを本人が（笑）だの（怒）だのでアピールするというのは、そこに本人の意思や思惑が強く入っていることの証《あかし》であり、本音が浮かびあがってカッコ悪い。

また、会話では（笑）も（怒）も書けないため、同じ役割を与えて使うのが「みたいな」や「とか」や「……かな」「……的」「感じ」などの多用と「語尾上げ」である。たとえば、「うちの姑とかって最悪みたいってか、嫁の私とかはゴミ？　って感じ？　ってかァ。でもォ、息子とかはもう神様？　かなーみたいな。でも、姑的にはそういうもんだろうし、私的には、ま、ほっとけ？　みたいな感じ」

の類である。

するとつい先日、とても興味深いインタビュー記事を読んだ。『東北大学新聞』の一月二十日号に、東北大ＯＢで宗教学者山折哲雄先生の談話が出ていた。

それによると、人間には最も重要な規範として、

「殺すな」

「盗むな」

「嘘を言うな」

が課せられているという。この戒めは、仏陀やモーゼも説くほどの歴史があるのに、人類は平然とやり続けてきた。それでも百年くらい前までは、人々は「殺すな」「盗むな」「嘘を言うな」と口に出して言い、何とか規範を保とうとしてきたが、昨今は正面から言う人がいなくなった。なぜか。山折先生は次のように答えておられる。

「『殺すな』という言葉は大変強い言葉であり、自信を持ってなかなか言えるものではないからです」

そして、「殺すな」という強い言葉のかわりに、私たちは非常に便利な言葉を発明したと、山折先生は語る。

「(それは)『命を大切にしよう』という言葉です。大人も子供も、政治家、実業家、宗教家もみなこの言葉を使う。こんなに使いやすい言葉はないでしょう。つまり強い言葉に対して、弱い言葉で言い逃れる。『盗むな』ではなく『与えよ』と言う、『嘘を言うな』の代わりに『真実を言いなさい』と言うようになった。それが近代のヒューマニズムの考え方にも合致

するというわけです。無責任に、軽い気持ちで誰にでも言える、そうした甘いライフスタイルを自分に許してしまう。ずるいんだな、現代人は」

（笑）も（泣）もそれなんだと思った。言い逃れに便利な記号であり、まさに「甘いライフスタイルを自分に許してしまう」ことなのだ。もっとも、私は「ずるい」というより単に「腰抜け」だと思っているが。

ただ、絵文字も含めて「言い逃れ」は二十歳までなら我慢もしよう。が、昨今はいいトシこいた大人までが使うから、私的には腹とか立って、追及？　とかしたいかなーみたいな感じ？　なのである（怒）。

シルバーハンマーと老人法

二月二十六日に、浜離宮朝日小ホールで、『週刊朝日』の創刊85周年を記念するトークセッションが開かれた。メンバーは本誌で「ブラック・アングル」を連載中の山藤章二さん、同じく「コンセント抜いたか」の嵐山光三郎さん、そして私と本誌編集長の山口一臣さんの四人である。

当日、会場は札止めというほどの超満員。だが、私と山口編集長は気楽なものである。山藤さんと嵐山さんという二人の粋人と四つ相撲なんぞハナから取れるわけもなく、「枯れ木も山の賑わい」である。「事前打ち合わせなんかしない方が面白いよ」となるのも、お二人であればこそだ。

こうしてステージに並び、それぞれの連載にからめて挨拶した後、突然山口編集長が言った。

「嵐山さんの『コンセント抜いたか』ってタイトル、変だと読者から投書が来たことがあります。抜くのはコンセントじゃなくてプラグでしょと」

早くも会場は爆笑だが、確かにそう言われるとそうだ。コンセントは壁に埋めこんである凹の方で、差し込んだり抜いたりする凸の方はプラグだ。が、嵐山さんはどこ吹く風で答える。

「でも出かける時には言うでしょ。『ガス栓しめたか？　電気消したか？　コンセント抜いたか？』って」

するとと山藤さん、のどかにおっしゃる。

「そうだけど、外出のたびに、壁に埋めこまれたコンセント抜けないよ」

「でも『プラグ抜いたか』って言う人いないよ。シャレになんないだろう」

お二人のやりとりはこれだけでもおかしいのに、どんどん過激になるのである。嵐山さんは、

「『少年法』で少年を守るなら、『老人法』も作って老人を守れ。少年が犯罪を犯すと、マスコミは『少年A』とか書くけど、老人の場合も『老人A』とすべきだ」

とか、

「親子の仇討ちを許可せよ。また、渋谷あたりでしゃがんでいる若者はガーッと戦車でペチャンコにせよ」

とか、どこまで本気なのか洒脱な話術に会場は拍手喝采である。

するといくと山藤さんが、すごいことを提案した。

「全国の六十五歳以上の老人にハンマーを持たせてバカな若者を殴るべきだ」

この後がおかしい。

「金属のハンマーで殴ると死んじゃうからね、だからビニールの、ほら、叩くとキョンッと音がするのあるでしょ。六十五歳以上にはそれを配るんだよ。『シルバーハンマー』ね」

「なるほど、いいね。電車で化粧してるバカ娘がいたらキョン！　と殴る」

「そうそう。それでシルバーハンマーは一日に三回しか使えないと定める」

私は思わず言った。

「でも、殴られた若者がキレて、『このクソ爺《じじ》い、テメエ、何しやがるんだ』とかって血を見ませんか」

が、山藤さんはシャラッと言いましたね。

「シルバーハンマーで殴られたら、絶対に逆らえないと定める」

そうか、「老人法」にはそれも盛り込めばいいのね。

その夜、帰宅してからも、「シルバーハンマー」と「老人法」のアイデアに感服し、私ならどういう時に殴るだろうかと考えた。

真っ先に殴るのは、カンにさわる言葉遣いと口調だ。もしも、「三月とかってまだ寒い？　って感じ？　ってかァ、僕的にはやっぱコートの方とかいる？みたいな」

だの、いいトシこいて、

「アタティ、トーキィー、アトゥイカラタマトゥノ（私、コーヒー熱いからさますの）」なんぞとぬかしてみろ。シルバーハンマー振りあげて、思いっきりキョーン！　だからな。あと、挨拶できないバカも殴る。携帯電話でメール打ちながら歩くバカも殴る。

面白くなって女友達に電話したら、彼女は言った。

「エロカッコイイだか知らんが、裸同然の服着てる下卑たバカ女を殴る。そういうバカ女とつきあうバカ男を殴る。小中学生で茶髪のバカガキを殴る。何も言えないバカ親を殴る」

バカバカの連発だ。私が、

「ハンマーは若者にしか使えないの。親はダメよ」

と言うと、彼女はせせら笑った。

「知っちゃいないわ。年齢不問でバカ全員に使えるように『老人法』で定めりゃいいのよ。わかった？」

「うん、わかった。山藤さんに言っとく」

「まだまだ殴るわよ。子供を虐待する親を殴って、ドメスティックバイオレンスの男を殴って、中学生でセックスする子を殴って」

「あのね、シルバーハンマーは一日に三回しか使えないんだって」

「いいの、無制限よ。『老人法』で決めりゃいいの」

「わかった。嵐山さんに言っとく」

「で、バカどもが血みどろになろうが、納得するまでキョンキョンキョンキョンキョン連打してやるわ」

「あのね、シルバーハンマーは……」

「いいの、連打は一回分にカウントされるのッ。だから『老人法』で……」

「決めりゃいいのよね。わかった、言っとく」

「ついでに言っといて。シルバーハンマーは六十五歳以上じゃなくて、五十五歳以上にしましょって、私、今日からでも持ちたいよ」

「うん、言っとく」

と答えたが、血気盛んなこんな五十代に持たせたら危険極まりない。五十代はまだキョーンの一発で殺しかねない体力、気力だ。あげく、大量の団塊世代の五十代が、全員シルバーハンマーを小脇に抱えて歩く図、コワ〜〜。

宵のうち

猛烈に腹が立っている。情けなさも加わって、書かずにはいられない。

それは『朝日新聞』の三月三十日朝刊の、小さな囲み記事だ。気象庁が用語の見直しとやらをやった結果、「宵のうち」という言葉を使わないことに決めたというのである。まずは同記事を全文ご紹介する。

◎

気象庁が天気予報などに用いる予報用語から、「宵のうち」が消える。午後6時から同9時を指す言葉として使われてきたが、一部ではもっと遅い時間帯を表すものとして誤って理解されているため。今年秋ごろから「夜のはじめごろ」に切り替える。

見直しにあたって国民から意見を募ったところ、「『宵のうち』は情緒ある言葉なので残してほしい」との意見が目立った。だが同庁は、「時間帯を表す用語は誤解なく伝わることが重要」とした。

こういうのを「杓子定規《しゃくしじょうぎ》」と言う。◎昨今のお役所は対応も考え方も、ずい分とソフトになり、最大限に臨機応変に対処してくれるし、とても身近に感じられる。が、この気象庁の決定には本当に久々に過去のままの「お役所仕事」を感じさせてもらった。

「杓子定規」という言葉について、『広辞苑』には次のように書いてある。

「一定の標準で強いて他を律しようとすること。形式にとらわれて応用や融通のきかないこと」

確かに気象庁が危惧する通り、「宵」の時間帯を誤解している人は多い。私は老若男女の友人たちに、

「『宵』って、何時から何時までを言うと思う？」

と訊《き》いてみたのだが、約三分の二が、

「夜十時くらいから零時くらいまで」

と答え、残り三分の一が、

「夕方五時くらいから夜七時くらいまで」

と答えている。

おそらく、「宵」を深夜帯にかかるものとしてとらえている友人たちは、

「まだ宵のくち。帰るのは早いよ」

という言葉から発想している。一方、「宵」を夕方帯にかかるものとしてとらえている友人たちは、

「花見はいいね！　宵のくちから酒が飲める」

という発想からだろう。「宵」という一言に、これほど誤解がある以上、気象庁が「時間帯を表す用語は誤解なく伝わることが重要」というのはわかる。もしも、天気予報で、

「宵のうちは雨が降るでしょう」

と言った時、一方は「夜の十時から深夜にかけて降るんだな」と思い、もう一方は「夕方から夜七時くらいまでに降るんだな」と思うわけだ。が、正しくは「午後六時から九時に降る」ということである。こうなると、どちらの人々も「天気予報、また外れた」と怒るし、気象庁にしてみれば「外れたんじゃなくて、あなた達が言葉を間違って理解してるんです」と誇りに傷がつく。

気象庁が言い替えを決めたのは、それが午後六時から九時を示すことが「誤解なく伝わる」ことが、「重要だ」と考えたからだ。それはコメントから明確である。

だが、「宵のうち」を「夜のはじめごろ」と言い替えれば、国民全部に誤解なく伝わるか。断言するが絶対に伝わらない。私は念のために、先の老若男女に、

「『夜のはじめごろ』って何時くらいだと思う?」

と訊いてみた。すると、

「六時から八時くらい」

「夏と冬では違う。夏は午後七時くらいから八時いっぱい。冬は午後五時くらいから七時いっぱいかな」

「夜のはじめは日没時刻から二時間くらい」

などとバラバラ。私が訊いた限りでは、誰もが「午後九時」を「夜のはじめごろ」に入れていなかった。九時というのは「はじめごろ」とはとらえにくいようだ。

つまり、「宵のうち」が誤解されるのと同じに、「夜のはじめごろ」もピシャリとは伝わらないのである。きちんと伝えるには、唯一、

「午後六時から九時の間に雨が降るでしょう」

と時間帯を明確にすることだ。が、明確にすればするほど「外れた!」と怒られる可能性が高くなるわけで、気象庁としてはそれはしたくないだろう。となれば、「時間帯を表す用語は誤解なく伝わることが重要」なんぞとぬかし、大見得を切ってはならぬ。

どうせ伝わらないならば、美しい日本語、情緒ある言葉を残すことである。

「宵のうち」

「夜のはじめごろ」

この二つを比べて、どちらが美しいか。どちらに情緒があるか。記事に国民の意見として、「『宵のうち』は情緒ある言葉なので残してほしい」が目立ったとある通りだ。それを杓子定規に決め、大見得を切り、文化を貶《おとし》め、恥ずかしくないのか。

むしろ、「宵のうち」という言葉を残し、お天気キャスターやテレビならテロップで、「『宵のうち』とは午後六時から九時を指す」と伝えるべきだろう。まさか、そんないわば解説でも、時間帯を明確にしたくないとビビっているわけではあるまい。あれほどの大見得を切っているのだから。

ついでに言うと、私は「朝」「昼」「夕方」「夜」「深夜」「明け方」について、友人たちに質問してみたが、私を含めて全員一致した答えはひとつもない。これらについても、いずれ「品格」なき言葉に言い替える気か。「宵のうち」は今年の秋ごろから使わなくするという。まだ間に合う。「美しい国」をめざすなら、「美しい言葉」を切り捨ててはならぬ。

バンザイの理由

ほぼ同じ時期に、二つの事件が日本中をあきれさせた。この二つは対照的であり、期せずして多くのことを浮き彫りにした。

事件のひとつは、プロ野球球団の西武ライオンズがアマチュア野球二選手に金銭を供与していたものだ。

アマ選手に裏金を渡すことは球界の法令で禁止されている。しかし、西武球団は当時高校生だった二選手に秘《ひそ》かに裏金を渡し続け、事実上の入団約束を取りつけていた。

そんな中で、裏金を受け取っていた選手が二人、続けて謝罪会見をした。一人は東京ガス野球部の木村雄太投手である。彼は秋田経法大附属高校時代に、西武球団から九か月間にわたり、月々三〇万円の金銭をもらっていたと認めた。それは母親の口座に毎月振り込まれており、『秋田魁新報』三月十一日付によると、木村投手は「悪いことだと感じていた」と言い、

「母から家計が苦しいと聞いていた。少しでも足しになればと思い、受け取った」

　と答えている。

　三月十三日のテレビ朝日系「スーパーモーニング」では、木村投手の、

「母は喜んでくれた」

　というコメントと共にテロップで「母は二〇〇四年に死去」と出たので、病気療養中だったのだろうか。

　木村投手の会見から五日後、早大野球部の清水勝仁選手が謝罪会見を開いた。『スポーツ報知』三月十六日付によると、彼も専大北上高校時代に一二六万円を受け取り、早大進学後は学費、生活費を月々約二〇万円もらっていた。さらには父親に五〇〇万円が手渡されたという。同紙によると、会見で清水選手は、やはりルール無視と知りつつ、

「お金をかけずに大学に行けるのが決め手となった」

「(金銭で)親に迷惑をかけたくなかった」

　と答えている。

　この裏金事件の根源的な論点とはかけ離れているが、私は二人の選手が高校生のうちから、共に「親の経済状態」を非常に気にし、「親を喜ばせ、親に負担をかけたくない」という思いが決め手になっていることを見過ごせなかった。

というのも、相撲界の新弟子たちも「親や家族」を思って頑張る傾向が出ているのだ。野球少年にせよ相撲少年にせよ、今時の日本の子供がそんな殊勝なことを考えるものかと思うだろうが、考えているのだ。

私は修士論文の準備のために、一年半相撲協会の相撲教習所に通い、新弟子たちと学んだ。そして二〇〇五年八月に新弟子の意識調査をした。七十五名（うち外国人一名）を対象にした項目のひとつに、

「苦しい稽古やしきたりの中で、あなたは何を支えに頑張っていますか？」

を作った。これに対し、約七割が「親や家族」と答えている。私は聞き取り調査もしており、彼らは、

「親に金をあげたい。色々と苦労をかけたから」

「有名になることと金を稼ぐことが、親を一番喜ばせると思う。そうなりたい」

「母一人で育ててくれたし、まだ弟や妹もいる。母親に少しでも仕送りしたい」

などと答えている。私はあの時、「今時の子」が実は想像以上に親や家族を思い、経済状態を心配していることを知った。今回の裏金問題の二選手に、改めてそれを実感している。

と同時に、世間を騒がせたもう一件の事件に重ねざるを得ない。松岡農林水産大臣の光熱水費問題である。

松岡大臣は事務所の光熱水費として、十一年間で何と四、四七六万円を計上。三月十三日のNTV系「ザ・ワイド」によると、これは一般家庭の一六六年分だそうだ。二〇〇二年には、一年間で七七九万円も光熱や水を使っており、これは一般常識では一人の年収分か、それ以上だろう。あきれたことに、松岡大臣の事務所がある議員会館は、光熱水費が「無料」だという。それは公費（つまり国民の税金）で賄《まかな》われているのである。ならば、十一年間の四、四七六万円は何に使ったのか。本人も安倍総理も「適切に処理している」と繰り返すが、回答になっていない。

報道によると、松岡大臣は五〇〇ミリリットル入りで一本が五、二五〇円する還元水を飲んでいるという。もしも一日に二本飲むとすれば、確かに水代だけで一日一万五〇〇〇円。一年間では三八三万二、五〇〇円になる。だが、一本五、〇〇〇円以上もする水は健康食品の領域だ。自分で支払うべき嗜好《しこう》品であり、自分の健康までを政治資金で賄おうとする下品さよ。

松岡大臣は、

「今、水道水を飲んでる人はほとんどいないだろう」

と語っているが、五、〇〇〇円以上の健康水を他人のお金で四、四七六万円も飲み続ける人はもっといない。

私は実はずっと昔から不思議だったのだ。なぜ選挙に勝つと、男も女も「バンザーイ！」

とはしゃぎまくるのか。国や地方の舵《かじ》取りを任されると決まれば、反射的に感じるのは責任の重さだろう。となれば、バンザイとはしゃぐより前に、厳粛な態度で決意表明したくなるのが普通ではないか。それなのに「バンザイ」に加えて合掌はするワ、女房は隣で嬉し涙にくれるワ、女性当選者は花の冠なんぞかぶって「バンザーイ」と嬌声をあげるワだ。むろん、すべての議員がそうだというのではない。だが、今にして思う。あの「バンザイ」は、今後、いくらでも下品なことができる権力を手にした喜びの発露なのね。

次から次へと出てくる下品な大臣、議員は、「家計の足しに」とか「金銭的に親に迷惑をかけたくなかった」という二十一歳をどう見ているのだろう。

学術論文とバラエティ番組

　脚本家とか小説家とか、これらは虚構を創作する仕事である。ではその対極にある仕事は何か。私は「外科医」かなと思っていた。だが、大学院で学んでみて、初めて気づかされた。「創作者」と正反対に位置する仕事は、「学者」である。「研究者」である。

　私は大学院生の時、何が一番大変だったかといって、「学者」や「研究者」の目線でものを見たり、考えたりしなければならないことだった。私はそれまでずっと虚構を作り出す仕事をしていたわけである。その仕事は乱暴に言うなら、

「一を聞いて十にふくらます」

　というものだと思う。

　たとえば、私は一九九五年に『義務と演技』（幻冬舎）という小説を書いた。夫が妻とセックスするのが苦痛で、何とか回避したいと必死になる。しかし、家庭を壊す気はない以上、「義務」として妻を抱くしかないのだろうかという内容だ。これは私の周囲の幾人かの男た

ちが、

「女房とはできない。もう何年もやってない」

と異口同音に言うのを耳にしたのがきっかけである。つまり、耳にした言葉が「一」であり、それを「十」にふくらませて小説にした。

テレビドラマの脚本にしても同様。「毛利元就は、五十八歳の時に厳島合戦を制した」という一行の史実をベースにしてふくらませ、一年間の大河ドラマにした。

ところがである。大学院に入って初めて思い知らされたのだが、学者や研究者という人たちは、

「十を聞いて一に絞り込んでいく」

のである。創作者は「一」を聞いたなら、それを原点にしてストーリーやキャラクターを自在に創りあげ、「十」にふくらます。一方、学者は膨大な文献を調べ、実地調査し、データを積み上げる。それを「十」とした時、論考において最も重要かつ不可欠なもの以外は切り捨て、そぎ落とし、「一」に絞り込んでいく。論文のこの一行を書くのにそれほどの研究をしているのだ。

私はそれまで、「十を一に絞る」という発想を持ったことがなく、また学者や研究者が黙々とそうやって取り組んでいる姿を見たこともなかった。一を十にふくらます仕事も非常

に厳しいものだが、その逆もまたつくづく厳しかった。

そして先頃、それをふと思い出した。四月三日の夜、フジテレビ系列で放送された「発掘！あるある大事典II」のねつ造事件における検証番組を見た時だ。

世間を騒がせた「納豆でやせる」という回のデータがねつ造だったわけだが、それを局自らが検証した番組である。

数字のねつ造はもとより、写真も無関係のものを使い、さらには学者のコメントもねつ造していた。外国人学者が英語でコメントしているのだが、その音声を小さく絞り、その上に日本語をかぶせている。日本語のコメントは、学者が英語で語っている内容とは違うもので、要は「納豆でやせる」という番組テーマに沿った言葉をでっちあげて、かぶせていたのである。

検証番組の中で、ねつ造に手を染めたディレクターや関係者は、「視聴率のため」とか「自分たちの過信」とか「おごり」とか「わかりやすく面白く見せるため」とかの理由を挙げている。そして、制作日程的にも追いつめられた結果、ねつ造は「致し方ない選択だった」と語っていた。

が、私は彼らの言い分はどれも後で取ってつけたような気がしてならない。あくまでも私の思いだが、彼らはデータや学者のコメントをでっちあげることを、それほど重大な行為だとは考えていなかった。むろん、よくないことだと思っていたにせよだ。

彼らにしてみれば、「納豆を食べるとやせる」という仮説を裏づけるような要素が幾つかある以上、断定したところで大間違いというわけではあるまいと、そう思ったのではないか。

検証番組の中で、他の誰よりも説得力を持つコメントをされていたのが、日本学術会議の金澤一郎会長だった。その内容は、

「仮説というのは可能性であり、仮説を立てるだけなら誰にでもできる。その仮説を実証まで持っていくには大変な調査や研究が必要。そこの厳しさをわかっていない。可能性があるというだけでは論文は書けない。実証しないと論文は書けない。ねつ造は絶対に許せないことである」

学者とは、まさしくこの厳しさなのだ。しかし、スタッフはそれほどのものと考えていなかったのだと思う。「ちょっとふくらませた」という思いに過ぎなかったのではないか。しかし、ここは絶対に「創作」が入ってはならぬ領域なのである。そこをスタッフは理解していなかった。私はそう思っている。

「あるある大事典」にせよ、NHKの「ためしてガッテン」にせよ、学者が学術論文を書くのと同じ厳しさで、同じ労力と同じ時間をかけて作らねばならぬ番組である。仮説を実証しない限りは世間に発表できないはずだし、そのためには「十を一に絞り込む」というほどの

調査、研究が必要である。

私は「土俵の女人禁制」を研究するために大学院に入ったのだが、修士論文一本を書くのに三年かかった。文献や古文書や資料、論文などで自宅の一部屋は完璧に埋まり、調査のためにに何足のスニーカーをはきつぶしただろう。それでも「実証」は難しい。

そう考えると、学術論文に近いテーマをバラエティ番組にすることは、相容《あいい》れないのではないか。

会津藩の地域教育

タクシーに乗っているとラジオからニュースが流れてきた。昨年六月に、東京は板橋の男子高校生が両親を殺害した事件があったが、その判決に関するニュースだった。

当時十五歳だった犯人に言い渡された判決は「懲役十四年」。あまりに残忍な殺害手口や、殺害後に部屋をガス爆発させたこと、また今も反省の色が希薄だということなどが、重罰につながったらしい。

タクシーの運転手さんはため息まじりに言った。

「いつからこんな日本になっちゃったんだかねえ」

私が何か答える前に、運転手さんは、

「昔は子が親を殺すなんてことは考えられなかったですよ。俺だって友達だって、みんな親父が恐くて恐くて、大人の言うことはちゃんと聞いてたもんです」

とまくしたてた。私が、

「この板橋の事件の場合、自宅が社員寮で、両親は管理人だったんですよね。それで手伝いさせられたり、父親に『バカ』と頭を叩かれたり、ゲーム機を壊されたり、少年はうっぷんがたまってたみたいですね」

と言うと、怒られた。

「お客さん、何を言ってんですか。家の手伝いなんか当たり前でしょ。親と色々あったにしたって、めった刺しまでしますか？　ガス爆発させますか？　いや、今は母親が子を殺したり、虐待する時代だから、親も動物以下。そんな親に子を躾けられるわけがないんでね、親は産みっ放し。子は子で好き放題だ。子供のうちから教育と躾をしなきゃダメだってのに」

運転手さんは嘆きのあまり、高速料金を加算するのを忘れ、私に言われて気づいたほどだった。

二〇〇七年一月六日、七日の夜九時から私の脚本による『白虎隊』が新春ドラマとしてテレビ朝日系で放送される。二夜連続で計五時間という大作ドラマだが、取材を続けたり文献を読み進めていくうちに、会津の教育のみごとさには舌を巻いた。

会津には有名な藩校「日新館」があり、白虎隊士らもそこで武道はもとより、礼節や天文学までを学んだ。すごいのは、日新館に入る前の六歳から九歳までの子供を集め、地域が教育をしていたことである。

子供たちは決められた家に集まると、きちんと正座して座長からの心得を受ける。座長とて八歳かそこらであるが、その心得は次の七つであった。

一、年長者の言うことにそむいてはなりませぬ。
二、年長者にはお辞儀をしなければなりませぬ。
三、嘘を言うてはなりませぬ。
四、卑怯《ひきよう》なふるまいをしてはなりませぬ。
五、弱い者をいじめてはなりませぬ。
六、戸外で物を食べてはなりませぬ。
七、戸外で婦人と言葉を交えてはなりませぬ。

八歳かそこらの座長がこれを一条ずつ暗誦し、そのたびに子供たちは、

「はいッ」

と言ってお辞儀をして体に覚えこませる。この地域教育では、このような躾と楽しい遊びをバランスよく取り入れていたという。

私はこの七か条を知った時、今の日本ではほとんど死んでしまった躾ばかりだと驚いた。

もちろん、時代に合わないものもあるし、合うものについては現代でも守っている子たちがいることは承知だ。だが、現代社会では弱い者をいじめたり、挨拶ができないことは社会問題化している。また、年長者の言うことにそむかないどころかバカにして鼻で笑ったりもする。年長者はそれを叱ることができず、ヘラヘラと許したりする。戸外で物を食べるのは当たり前で、歩きながらだって食べるし飲むし、電車内で化粧はするしという現代日本だ。

それに気づいた時、私はドラマ『白虎隊』のトップシーンを現代日本にしようと思った。

白虎隊士と現代日本の二十歳男と、その二役を演じる山下智久さんが、恋人の女と朝の駅前でべったりとくっついているのがトップシーンだ。女は「エロ可愛い」んだか何だか知らぬが、裸同然の服を着て、大口をあけて物を食べている。時刻はまだ朝七時。二人はラブホテルでご一泊した帰りだ。

やがて彼は、一人で自宅に帰って行くのだが、ケータイでメールを打ちながら歩き、ご近所の人が挨拶しても無視。家に着くと母親の作った朝ごはんに文句をつけ、注意もできない父親をいいことに、親や年長者の言うことなど、アタマからバカにしている。

そんな現代日本のシーンから一転し、次のシーンでは子供たちが、

「年長者にはお辞儀をしなければなりませぬ」

「はいッ」

と声をそろえている。このコントラストは我ながらなかなかの構成であり、タクシーの運転手さんではないが、

「いつからこんな日本になっちゃったんだかねえ」

をよく示している。

さらに、会津には、

「ならぬものはならぬのです」

という教えがあった。人としてやってはならぬことに対し、「なぜやっちゃいけないのか？」という疑問は許されない。それは人として「ならぬものはならぬ」のである。理屈ではない。

そういう躾が白虎隊の悲劇を生んだとか、そういう教育が戦争への道をひた走るのだという声もあろう。

だが、我々大人は幾ら何でも、もう少し躾を考えてもいい。板橋の十五歳の犯行は、現代日本を象徴しているような気がする。

猪名部神社の少年たち

朝刊に『アエラ』の広告があり、新入社員とのつきあい方に関する見出しが並んでいた。その中の、

「低体温社員」

という一行を見て、何とうまい言葉かと感動した。

私は色々なシーンで、高校生くらいから二十代前半あたりの若い人に会うことが多いのだが、いつの頃からか気になり始めていた。

「どうして、こんなに覇気がないんだろう……」

もちろん、そうでない若い人たちともたくさん会っているが、「覇気がない」としか言いようのない人たちがたくさんいたことも、また事実である。

そんな彼ら、彼女らは決して感じが悪いわけではなく、質問には答えるし、笑顔もある。なのに、生きている人間の熱気が伝わってこない。生きていこうとする意気が見えない。表

情が暗いわけでもないのだが、まったく楽しそうではない。『アエラ』の「低体温」という言葉は実に言い得ている。生きているのに、熱や生を感じさせない。もしも捨てばちな言葉を吐くとか、バカにした態度を取るとか、それならばまだ体温が高い。低体温型の場合、ただ物体がそこにあるだけという感じに近い。

私はこういう低体温型は苦手なのだが、なぜかそういう若い男女と会うたびに不憫に思えてどうしようもない。本来なら「しっかりしてよ」とどやしたくなりそうだし、「とにかく何かを始めてみようよ」なんぞとありきたりな激励をしそうなのに、なぜかそうならない。静かに私の前に座っている姿を見ると、ただただ不憫になってしまう。何の楽しいこともないのだろうかと思ったり、それなのにこんなにきれいに化粧をして何だか哀れだなァと思ったりする。何が原因で低体温になっているのだろうと気にかかる。

そして先日、四月七日のことだが、私は女友達の吉永みち子さんを三重県の東員町にある猪名部《いなべ》神社に案内した。

ここは「日本書紀」にも出ている通り、建築木工の祖であり相撲の祖とも言われる猪名部氏を祀《まつ》っている。私は修士論文の調査をきっかけに、石垣光麿宮司とご縁ができたのだが、ここの「上げ馬神事」をどうしても吉永さんに見せたくて、三重県まで連れ出したのである。

「上げ馬神事」は鎌倉時代から続いており、吉永さんが感激のあまり「泣けてきた」と言ったほど素晴らしい。

まずは十六、七歳の少年数人が、あでやかな花笠をかぶり、背に矢箱をつけ、美しい武者姿で馬に乗って出走を待っている。馬も美しく飾られた祭馬だ。

神社の一角には、三メートルほどの「上げ坂」と呼ばれる坂が築かれており、少年は馬でこの坂をかけ上がるのである。ところが驚くなかれ、この「上げ坂」はいわゆる坂ではない。ほとんど直角と言いたいくらいの「絶壁」である。馬で三メートルの絶壁をかけ上がるのは至難の業《わざ》だが、その成否によって昔から稲作の豊凶が占われていたという。

最近では毎年、武者姿の少年を背に十二頭ほどの馬が挑むが、半分以上が上がりきれず、まっさかさまに転げ落ちる。むろん、馬上で手綱を握る少年もろともだ。確かに危険だが勇壮で、少年がまた初々しくて、今時の子とは思えない清らかさが匂い立つ。

彼らは高校生の中からクジで選ばれる。馬になど乗ったことがなかろうと、クジは言うなれば神の御託宣だ。当たった少年は自宅を離れ参籠《さんろう》生活に入る。つまり、身を清めるための「おこもり」だ。食事などの世話はすべて中学生の少年たちがやる。さらに朝晩は員弁《いなべ》川で沐浴し、四足を食さず、約二週間というもの、乗馬の稽古と心身の潔斎を徹底される。

こうして、祭りの当日は毎年、桜が満開の季節。町の人たちが境内を埋めつくす中、馬上の少年たちは絶壁をかけ上がる。思わず泣けてくるのは、成功した少年たちの喜びようであ

る。半てんを着た青年団員や群衆の歓声を受け、馬上で扇を振り、紙吹雪をまきながら、

「成したーッ！　俺は成したぞーッ！」

と雄叫《おたけ》びをあげる。泣きながら馬子唄を絶唱する。わずか二週間で、ここまでやれた恍惚《こうこつ》感はもとより、参籠生活の日々などが一気に甦るのだろう。

喜びに我を忘れている少年たちを見ながら、私は唐突に覇気のない若者たちを思ったのである。もしかしたら、低体温の人間に何よりも必要なのは「成功体験」ではないかと。

現実に、群衆として「上げ馬神事」を見ていたオジサンたちは、口々に言う。

「俺は昔、雨の中をかけ上がって、喝采だったよ」

「俺は失敗したけど、暴れ馬によく乗れたよなァ」

たとえ、かけ上がれなくとも、人馬一体となって絶壁に挑んだ少年の日そのものが「成功体験」なのである。今年の少年たちにとっても、後々の人生にこの成功体験がどれほど大きいか。

どんなことであれ、若いうちに成功体験をしておくと、低体温になりにくいように思うのである。成功のためには努力がいるし、嫉妬や憎悪だってあろうし、それに対処する精神力もいる。それらは低体温ではできないことだ。夏の甲子園出場などは、野球部員のみならず、全校生にもＯＢにも成功体験を与えるものだと今にして思う。

何らの覇気も感じさせず、呼吸だけしているような低体温の若い人たちは、来年四月に猪名部神社の上げ馬神事を見に行ってみるといい。あの馬上の少年たちの姿は、間違いなく何かを変えてくれる。

白鵬よ、偉大な父が泣く

この文章が読者の目に触れる頃には、大関白鵬の綱取り場所の最中だが場所前に「事件」が起きたことで、相撲協会に抗議が殺到した。事件後の稽古総見で、私は多くの記者からコメントを求められたが、自分の言葉で書きたいと思う。

「事件」の発端は四月三十日。横綱朝青龍は稽古のため時津風部屋に出向いた。新小結の豊ノ島と稽古した際、横綱は相手の首を背後から腕で巻き、エビ反りにさせ、ひねりつぶすように後方に倒した。無理な形でつぶされた豊ノ島は右膝と右足首のじん帯損傷で病院に運びこまれた。その後も横綱は豊真将に強烈なダメ押しを重ねた。

その稽古のようすについて、私は現場にいた関係者と時津風部屋関係者複数に話を聴いた。どうも朝青龍が豊ノ島に掛けた技はプロレスの「バックドロップ」に近い。これはその名の通り、後方に投げ落とす荒技で、相撲ではありえない。朝青龍は過去にも高見盛にプロレス技の「エメラルド・フロウジョン」もどきを掛け、怪我をさせている。

これは「横綱にあるまじき」どころか、「力士にあるまじき」行為を繰り返していることだ。プロレス技で若い力士を壊《こわ》す横綱がどこにいるものか。力士はプロレス技とは無縁なので、受け身がとれない。壊れて当然ということを、朝青龍が知らぬわけはない。

『スポーツ報知』によると時津風親方は、

「豊ノ島を強くしようというけいこじゃなく、壊してやろうという感じだった」

と述べている。

また、「ダメ押し」とは相手が土俵を割って負けたとわかった後も、なおも押したり蹴ったりしてトドメを刺すことである。これは固く禁じられているが、朝青龍は本場所でもやる。

稽古場で豊真将を相手にダメ押しを重ねた朝青龍に、師匠の高砂親方は注意したという。が、その当日に今度は春日野部屋に行き、平然とダメ押しを連発したと報道されている。こうなると、高砂親方はなめられていると考えざるを得ない。「師匠が品格教育をする」という条件つきで横綱になった弟子になめられては、責任問題に発展してもいい。『スポーツ報知』によると、こうして稽古場でさんざん乱暴を働いた後、横綱は、

「何だ！　何だ！　じゃあな」

と吠《ほ》えて立ち去り、豊ノ島は「けいこで起こったことですから仕方ありません」と潔《いさぎよ》かったとか。どちらが横綱かわからない。

その翌日、今度は白鵬が事件を起こした。この一件に関しては部屋関係者の話はまだ聴いていないため、それ以外の関係者複数の話と新聞報道によるが、白鵬は出稽古《でげいこ》先の大島部屋で朝青龍のまねをした。

横綱をめざす地位にある白鵬が、十両の旭南海を相手に「ダメを押し、つり上げて土俵上にたたきつけ、落ちた体の上に全体重をかけて乗るなど（『日刊スポーツ』）」という乱暴を働き、旭南海は「勝負がついた後も、土俵に顔を押しつけられたり、背中をけられたり（『読売新聞』）」して流血。あまりに粗暴な白鵬に、大島親方が厳しく注意したという。

「相手を壊すようなけいこはだめだよ。横綱のまねをしちゃいかん（『毎日新聞』）」

この注意に対し、白鵬は、

「気にしない。気にしてどうするの。横綱が激しいけいこをやったと聞いたから気合を入れたんだ（『産経新聞』他）」

と記者団に答えている。

白鵬よ、大島親方をなめているのか。なめることも横綱をまねたのか。あなたはそこまで頭の悪い男だったのか。あなたの偉大な父に恥じるところはないのか。あの勇者たる父に堂々と顔をあげて会えるか。え、白鵬。あなたがまねすべきはあの偉大な父ではなかったのか。

複数の新聞が、白鵬にはまったく反省の色がなかったと書き、横綱の品格に疑問符をつけている一方、「普段は温厚な白鵬が」ということも複数が書く。まさに「悪貨は良貨を駆逐する」という証明か。

五月場所後の横綱審議委員会に、白鵬の昇進問題がかかるか否かは未定である。が、私はその前に今回のことを自分で調べ、それから委員会に臨む。横審として当然の義務である。

この二つの事件前には、同じモンゴル人力士の旭天鵬が車を運転し、人身事故を起こした。力士の運転は固く禁じられているのにだ。

地位と力にモノを言わせた粗暴で下劣な蛮行と、車の運転は別物に思えるが、私は根は同じだと考えている。二つとも「発散」だろう。プロレス技やダメ押しで怪我させ、流血させる行為の最中、おそらく発散による快感と、相手がのたうつ姿への興奮があったはずだ。一方、旭天鵬の場合は、車の運転をすることで発散し、解放感による快感があっただろう。

逆に考えると、外国人力士にはそれほどの抑圧感があるということにもなる。確かに角界というところは、現代社会の風俗や生活からは乖離《かいり》しており、相撲そのものも「勝てばいい」「強ければいい」というスポーツとは違う。角界で生き抜くのは、現代日本人にとっても至難である。しかし、そこで禄を食《は》むと決めた以上、自分で自分をコントロールすべきである。

一昨年、フランスで外国人の暴動が起きた際、当時のサルコジ内相も移民二世であったが、こう言った。

「フランスにいたければフランスのルールに従ってもらう」

日本人であれ外国人であれ、角界にいたければ角界のルールに従ってもらうしかない。これはどんな世界にも当てはまる。

少年の詩

地方紙を読むと、全国紙には出ていない事件や考え方を目にし、驚いたり虚をつかれたりすることが非常に多い。

四月十二日の『秋田魁新報』夕刊に出ていた少年の詩には、心底感動させられた。これは「北東北子どもの詩大賞」で大賞を取った作品である。岩手県奥州市立木細工小学校五年生（本年二月現在）の矢野建治君の詩を、まずはお読み頂きたい。

◎

「クマが来た」

牛のえさをねらってクマが来た／えさのタンクを手で器用に開けて／牛のえさを食べている／両手を使って上手に口に運んでる／パクパク食べている／僕がいるのに知らん顔／食べた後は、ゴロンと昼寝／子グマが二頭、近くで遊んでいる／散らばったえさの上で／ゴロゴロ転がって遊んでる／かわいいけれど／牛のえさがやられてしまった／父が草刈りをしていても／堂々とクマは、やって来る／「こら、あっち行げ」／のそのそ／再び座り込んで、父を見ている／「もっともっとあっち行げ」／軽トラックで追いかけると／やっと山へ帰って行った／誰もいなくなるとまたやって来て／えさを食べて、遊んでる／毎日毎日やって来る／牛や人間がおそわれたらどうしよう／「かわいいけれどしかたがない」／父の提案でワナをしかけることになった／とうとう親子の三頭がつかまった／親グマの胃は空っぽだった／以前つかまえたクマは肉に脂がのり、／胃も栗やキノコで大きくふくらんでいた／母グマは自分の身をけずり／命がけで山を下りて来たんだ／二頭の子グマを守るために／子グマは山へ帰された／あの二頭は今頃どうしているだろう

◎

この大賞の詩について、小坂太郎審査委員長が同紙で次のように書いている。

「山村でなければ出合うことのない事件を、よく観察し、その感動を生き生きと表現している。動物と人間が共に生きることの難しさ悲しさを切々と伝えてくる。山にえさが無くなっているクマの事情に作者は深く同情しているのである。その優しさが心をうつ」

私もこの詩を読んだ時、山村で暮らすということは子供をこうも優しく、純真にし、情緒を理解させるのかと、呆然《ぼうぜん》とした。

山村のみならず、海であれ里であれ、自然と共に生きている子供は、数々の不条理に直面

するたびに人間の非力を思い知るだろう。それを幼い胸の中で納得していくまでの過程は、子供をどれほど成長させることか。ゲームやネットなどバーチャルなものは、現象を認知させても心を育てることはできない。

牛のえさを取る悪いクマだけれど、建治君が可愛いと思っていることは、言葉の端々からにじみ出ている。「両手を使って上手に口に運んでる」とか「ゴロンと昼寝」とか「ゴロゴロ転がって遊んでる」とか、ここには人間の赤ん坊を見るような慈愛がある。

そして、父親の判断をも敬意を持って見ている。クマに対する父親の言葉は「あっち行げ」から「もっともっとあっち行げ」になる。次に軽トラックで追いかけ、ついにはワナをしかけざるを得なくなる。息子はこの段階を踏む思いをも理解している。だからこそ、「かわいいけれどしかたがない」という父親の諦念は建治君自身のものでもあった。

きっと、親グマの腹を裂いたことも、子グマ二頭を山へ帰したことも、建治君と父親は一緒にやったのだろう。こうやって息子は父親に育てられ、大自然に育てられるのだと、この詩は伝えている。そして、からっぽの胃袋の親グマをも、山に帰された孤児の子グマをも、ふと思い出す少年の感情、感性。これこそが、建治君自身の「生きる力」になるものではないか。

この詩をはじめとする作品は、『「北東北子どもの詩大賞」第十四回　二〇〇七年版』（北東北子どもの詩大賞委員会刊）に出ているそうだが、私はそれを読んでいない。ただ、小坂審査委員長は『秋田魁新報』に、次のように書く。

「題材からうかがうことのできる子供の生活は、伸び伸びと自然に触れ、何ごとも自主的に行動し、人や物とのつながりを深くしている。

共通しているのは、家族労働の中で汗を流し、土の感触から生まれた感動が表現されていることである」

小坂委員長が一例として挙げた詩のタイトルを見ても、「草運び」、「くろたの出産」、「バッタとカマキリ」、「おばあさんのぞうりづくり」など、家族と一緒に自然や動物と共に暮らす日々がうかがえる。お父さんを手伝って草運びをしたのかなとか、くろたという牛か馬の出産に少年も立ち会ったんだなとか、草履を編むおばあさんを「すごい！」と思ったんだろうなとか、あったかな想像がふくらむ。

そして、そんな暮らしによって育った精神が、学校生活にも生かされているとして、「友達がいるから…」という詩も紹介されている。それは「友達がいるから元気になれる」という素直な思いであり、いじめとは真逆のものである。

さりとて、誰もがみな山村や漁村で暮らすわけにもいかず、どうしたらいいものか。

私は「早寝早起き」と「家族で食事」と「テレビ及びバーチャル機器の時間制限」と、そして「家の手伝い」の四つから始めるしかないように思う。

それさえも難しいという家庭もあろうが、建治君の詩を読めば、生命力の違いに焦りを覚えないか。

不気味な「様」

五月二日の『朝日新聞』夕刊第一面に、よくぞトップで扱ってくれたと快哉《かいさい》を叫ぶ記事が出た。

「患者様」で
いいの？

という見出しである。

かつて、病院では医師も看護師も関係者も「患者さん」と呼んでいた。が、いつの頃からか「患者様」という言葉が聞かれるようになった。同紙によると今では「すっかり定着した」そうだ。

しかし、ここにきて「患者様」という呼び方はおかしいと違和感を持つ関係者がふえ、また患者自身も、「馬鹿にされている感じがする」などと言い、「患者さん」や「患者の皆様」に戻す動きが出ているという記事だった。

私も何回か「患者様」と言う医療関係者と会い、気持ちが悪くてたまらなかった。ついにある時、あまりに「患者様」「患者様」と連呼する人に質問した。

「その言い方、この頃よく聞きますがおかしくないですか」

するとと彼は答えた。

「医師をはじめ医療関係者と患者は対等です。その対等をアピールするために、かなり前から『患者様』になっております」

私はつい突っ込んだ。

「対等ということはいいんですが、それなら患者側も『看護師様』『薬剤師様』『レントゲン技師様』などと呼ぶんですね？」

彼は手を振り、答えた。

「いや、患者様の方は『お医者様』くらいですね」

これからしても、患者をもち上げるだけの「対等」だとわかる。それからしばらくしたある日、私は某県に出かけた。そこでたまたま、小学校の男性教師と話す機会があった。熱っぽくて潑溂《はつらつ》としていて、きっと人気のある先生だろうなァと思わされる人だった。ただ、たった一点、どうにも気になることがあった。その教師は生徒たちを、つまり子供たちを、

「お子様」

と呼ぶのである。

「僕が担任しているお子様たちは、ゲームもやりますけど、外遊びもします」

とか、

「算数が嫌いというのは学校全体で見ると女のお子様に多いんですが、とび抜けてできるのも、また女のお子様なんですよね」

という具合である。私はもう気になってしょうがなかったのだが、初対面でもあり、黙っていた。が、教師が当たり前のように「お子様」と呼ぶことに対し、非常に違和感を持った。

「患者様」にしても「お子様」にしても、なぜ違和感を持つのか。それは医療や教育は、患者や子供を単なる「客」として見てほしくない職業だからだろう。

「患者様」や「お子様」という呼び方には、医師や教師が自分たちの商売のために、相手を大切な顧客として見ているという匂いがある。「お得意様」というスタンスに等しいものが匂う。

ところが、人間の生命を握る医療の仕事や、人間を育てる教育の仕事は、対象を「お得意様」と見ることがそぐわないと、私たちはどこかで思っている。

かつて「医は仁術」と言われ、「教師は聖職」と言われた。むろん、現在ではそこまで考えている人は減っただろうし、医学界や教育界のダーティな部分が暴かれたりもしている。

それでもどこかで、私たちは医師や教師に夢を見ている。命を救うために共に熱く闘ってくれる医師、子供を励ましたり叱ったりしながら導いてくれる教師。そういう人たちは「ソロバン」や「サービス業」の匂いを露骨には出さないでほしい。そんな夢が多少なりともまだ残っている。

ところが、「患者様」や「お子様」と呼ばれると、その瞬間に患者や生徒は「お得意様」と見られている気になる。医師やスタッフ、そして教師は営業マンに思えてくる。患者側は命を任せているというのに、単なるお得意様としか見てないのかとなれば、「馬鹿にされている感じがする」というコメントは当然である。

先の『朝日新聞』の記事によると、「『患者様』という言葉は、患者本位の医療やサービス向上を意識して一部の病院で使われ始めた」とある。しかし、「患者様」と呼ぶことが「患者本位の医療やサービス向上」とどこでつながるのだ。「お子様」にしてもそうだ。そんなものは相手本位どころか瑣末《さまつ》なことだろう。

確かに大病院にしても町のクリニックにしても、事業として順調な経営が必須だ。学校にしても少子化の中で生徒数確保は死活問題である。公立であっても、その競争は熾烈《しれつ》で、数々の改革を重ねている。とはいえ、「患者様」や「お子様」と呼ぶことが、「相手本位」の改革のひとつだと考えたなら、あまりにも情けない。

一方、商店やデパートでは「お名前様」や「ご住所様」とかを使っており、これこそすっかり定着した感がある。

私は都心の老舗デパートで買った品物を、知人宅に配送を頼んだところ、女性店員が書類を示し、

「ここにお送り先様のお名前様とご住所様をお書き下さい。この欄にはお送り主様のお名前様とご住所様をお願いします。お電話番号様はこちらです。携帯様でも結構です」

本当にこう言われた。あまりに「様」ばかりで、意味が取りにくかった。

私は以前から「お名前様」「ご住所様」は敬語になっていないから、即刻やめよ！　とあちこちに書いてきたが、「お電話番号様」と「携帯様」と言われたのは初めてだ。これもサービス向上の一環として定着したのだろうか。

日本人がどんどんお粗末になっていく気がする。

あの頃

「風さやか」という名前を聞けば、女優か歌手か、あるいはヅカジェンヌか、ともかく女性の芸名だと思うだろう。

それが全然違うんです。書くのも恥ずかしいんですが、「風さやか」はかつての私のペンネームなんです。ああ、恥ずかしい。

ペンネームと言っても、まだ会社勤めをしながら脚本家養成学校の夜学に通っていた頃につけたもので、この名前は一度も世に出ていない。学校で「原稿用紙の書き方」だの「ト書きのルール」だのを習っては、二十枚程度の宿題を書いていた頃のペンネームである。

それにしても、「原稿用紙の書き方」というレベルの宿題に、「風さやか」と書いて提出していたのだから厚顔と言おうか、恥知らずと言おうか、乙女チックと言おうか。

だが、私はこのペンネームをすごく気に入っており、もしもプロの脚本家になれた場合も、ずっと「風さやか」で行くつもりでいたのである。

が、やがて「風さやか」では恥ずかしすぎると気づいたようだ。はっきりとは思い出せないが、いくら厚顔でもこのペンネームには年齢制限があるとわかったのではないか。私はまたも新しいペンネームを必死に考えた。

現在は本名を使っているが、絶対にペンネームを使いたかった。「内館牧子」という本名は、何だか堅苦しくて女っぽくないと思っていたのである。何せ「風さやか」のセンスですから。

さんざん考えた結果、新しいペンネームを決めた。「岸牧子」。書くのも恥ずかしいんですが、私は昔から女優の岸惠子さんの大ファンだったので、勝手に一字を頂いた。

このペンネームをつけた時、いつかは岸惠子さんと仕事ができますようになどと厚顔な願いは一切こめていない。そんなだいそれたことは頭の片隅にも浮かばなかった。三十歳を過ぎても十年一日の如く雑用をこなすOLであり、まだ夜学で宿題を書いていたのだから。さすがに「原稿用紙の書き方」よりはレベルアップしていたが、誰もほめようもない宿題を書き続けていただけである。

何しろ、他の生徒よりグンとレベルの低い私は、入学早々に講師に言われていた。

「何か得意なテーマで書いてごらんなさい」

それならと、毎回毎回、宿題は大相撲をテーマに書いていた。『力士誘拐事件』とか『新弟子の恋』とかだ。中でも『嵐山の夢』は大傑作だったと今でも思う。それは嵐山という下っ端力士が強くなれず、とうとう廃業する話だ。そして恋人のミッチャンと「嵐山」という屋台のおでん屋を開く。ミッチャンと二人で屋台を引きながら夢を語るあたりは紅涙をしぼるシーンだ。なのに、講師も生徒も泣かずに笑うのである。泣いて感動しているのは私だけで、他の人は笑いすぎて泣いていた。

いつまでたってもこういうレベルをウロウロしていたので、岸恵子さんと仕事する日を願うどころか、脚本家デビューそのものがありえなかったのである。

なのに堂々と「岸牧子」とつけるあたり、やはり厚顔と言おうか、恥知らずと言おうか。しかし、「岸」という姓は洗練されており、かつ凜とした美しさもあって、私はとても気に入っていた。以来、下手な宿題原稿の表紙にはすべて「岸牧子」と書いていた。

そして、三十一歳の時、「岸牧子」のペンネームでコンクールに作品を応募してみた。月刊『ドラマ』という専門誌が、二件の公募をしていたのである。一件はオリジナルシナリオの公募で、もう一件はテレビ朝日系の人気ドラマ『特捜最前線』のストーリーを募集するというものだった。

すると何と、私のオリジナルシナリオが入賞してしまった。そればかりか『特捜最前線』は一五〇本もの応募作の中から、私の一本だけが採用されたのである。

こうして「岸牧子」というペンネームは、二回世に出た。一回は受賞作のオリジナルシナリオが月刊『ドラマ』に掲載された時である。もう一回は『特捜最前線』で採用されたストーリーが放送された際、

「原案　岸牧子」

と画面に出た。

むろん、当時の私はまだ会社勤めを続けており、シナリオの仕事など何もなく、プロの脚本家ではない。だが、この入賞や原案採用がきっかけになり、テレビ局や映画会社、出版社につながりができた。

すると必ず訊《き》かれる。

「どうして『岸』なの？　『牧子』は本名でしょ？」

半端に「牧子」だけを残したから、こういう質問が出るのである。そのたびに、

「大好きな岸惠子さんから、勝手に一字……」

と答えるのは、「風さやか」より恥ずかしい。その上、誰もが当たり前に、私のことを「岸さん」と呼ぶのである。「岸さーん！」なんて後ろから叫んで走ってきたりするのである。そのたびに岸惠子さんが思い浮かび、もう恥ずかしくてたまらない。

結局、私は本名に戻した。

こんなことを思い出したのは、「暖簾にひじ鉄」の読者からの手紙に書いてあったのだ。

「内館牧子という名はペンネームですか？　とても格調があって、品がよくて、いい名前ですね」

そう言われると嬉しい。だが「風さやか」や「岸牧子」の頃は、本当に無我夢中で一途《いちず》だった。今だってそのつもりだが、あの頃の気持ちを「初心」というのだろうなァ……。

時にはあの頃を思い出さねば、ほめて頂いた本名が泣くと「内館牧子」は殊勝にも思ったのです。

礼状

先日、二十代の友人から一通の手紙が届いた。彼女とはもう長いこと会っていないが、きちんとした封筒と便せんに、几帳面な手書きの文字が並んでいる。何ごとかと読み進めると、次の一文があった。

「あの時、牧子さんがお花を贈ってくれて、ものすごく嬉しかったし、誇らしかったのに、当時の私は礼状を書くということさえ知りませんでした。

今、社会で色んな経験をして、あの時、お礼の一言も伝えなかったことが本当に恥ずかしく、情けなく、何年もたちましたが、今、お礼申し上げます」

彼女は大学時代からどうしてもやりたい仕事への夢を持っていた。そして大学を出てほどなく、自分で組織を立ち上げた。そのお披露目の案内をもらったものの私は出席できず、ロビー花を贈ったのである。

実は彼女のこの手紙と同内容の手紙を、私は半年ほど前に別の人からももらっている。その人は二十代の男の人で、私は彼が大学生の頃から知っている。

彼は大学卒業と同時に郷里に帰り、就職した。だが、どうしてもやりたい仕事への思いが断ち切れず、郷里で起業。その時、私のところにもカンパの依頼があり、応じたのだが、それきり忘れていた。すると、半年ほど前に彼から手紙が届いた。

手紙はもう手許にはないのだが、「多くの人にカンパして頂いたのに、きちんと礼状も書かず、挨拶もせず恥じている」という詫び状だった。そして、「自分は色々な礼儀を知らなかったため、今になって礼儀知らずのツケが回ってきている」ということが書いてあり、「今さらですがお礼申し上げます」という印刷文で、カンパをしてくれた人や世話になった人全員に送っているようだった。

彼も彼女も、礼儀を知らぬまま社会に出て、痛いめに遭ったのだろう。彼の手紙には「ツケが回ってきている」とあったので、仕事にもマイナスが出ているのかもしれない。

読者の中には「礼状を書くことを知らないなんて考えられない」と思う方々もあろうが、実は本当に知らない若い人が多い。親はきっと教えたと思うのだが、子供の方が聞く耳を持たないのではないか。親は恐がられるほど教えはしないだろうし、口うるさく言い続けることも少ないのだろう。

私が東北大相撲部の監督になった時、何よりもうるさく言ったのが「挨拶」だった。特に

「礼を言う」に関しては「叩き込む」に近いほどうるさかった。現実に過去を調べてみると、OBやOGからの寄付に礼状一本出していない。相撲部が廃部の危機に直面していたのは、部員数の減少もさることながら「礼儀知らずのツケが回って」いたこともある。OBやOGが手を引くのは当然だ。

あらゆる挨拶が大切とはいえ、「お礼」は特に大切だろう。他人が時間や金銭を使ってくれたり、心配りをしてくれたり、奔走してくれたりするのである。それらを「もらいっ放し」というのは通用しない。金品でお返しするという意味ではなく、感謝を伝えることは重要どころか当然の行為である。ところが、先の二人の手紙にもあったように、学生はそれができない。むしろ、礼を言うという発想がないのである。むろん、すべての学生がそうだというのではない。

私は「監督」とはいえ相撲は教えられないし、せめて部員たちが社会に出た時に、礼儀知らずのツケが回らないようにしてやりたいと思った。

親と違い、監督は恐い。容赦ない。部員たちはとりあえず言うことを聞いて、すぐに礼状を書いたり、お礼のメールを入れたりするようになった。

こう書くと必ず「お礼には心が大切なのに、形だけか」と言う人がいるが、そういう応用問題は次のステップである。礼儀ということにおいて、若い人の少なからずは「心」以前のレベルなのだ。先の二通の手紙でもわかる通り、他人が何かしてくれたことに対し、お礼を伝えるという「形」さえ発想にないのである。教わってないのである。

私は他校の大学生たちともたくさん会うし、高校生とも会うが、礼をきちんと伝えてくる人は極めて少ない。私はこれをも例にして、相撲部員たちに言う。

「彼らは社会に出て鍛えられて、やっと気づくのよ。気づくまでに『礼儀知らず』として一つや二つの失点がつくわ。あなた達は鍛えられた後に社会に出るんだから、すごい差よ」

現実に、当初は形だけの礼状を書いていても、先方から必ずといっていいほど「若い人には珍しい礼儀正しさに感心した。これからも力になりたい」などと返信を頂くし、きちんと礼を伝えると自分も気持ちがいいと気づいてくる。

加えて、今はOB、OGもたくさん戻り、後援会の仕事、稽古場でのコーチ等々を引き受けてくれている。これを目の当たりにすると部員たちの感謝は「形」だけではなくなる。その上、実は相撲部長もOBたちも礼儀にはうるさいため、今では部員もかなりよくなってきている。

私は先の二通の手紙を読みながら、親ではない大人が教えることの必要性を思わずにはいられなかった。親の言うことを聞けば一番なのだが、恐い他人の方が効果的な場合もありそうだ。社会に出てツケが回ってくる前に、ガツンと教える必要性を思う。

先の二通の手紙のように、非礼を思い知った時点ですぐに詫びるという素直さを考えても、若い人たちより我々大人に責任がある。

「血」が踊る

今から十数年も前のことになるが、私は仕事でタヒチに出かけた。

私とスタッフが泊まっているホテルはコテージ式で、海に面した広大な敷地内にキッチン付きの一戸建てコテージが点在している。夜になると潮騒がリビングにも聞こえ、バルコニーに出ると満天の星が信じられないほどのきらめきを見せている。

その広大な敷地内に大きな広場があり、夜ごとタヒチアンダンスのショーが開かれた。それはコテージに宿泊する観光客用のもので、ダンサーはホテル専属として雇われていた人たちだと思う。男も女も「パレオ」という腰布を巻き、時には近所の住民も飛び入りし、夜更けまで騒ぐ。

するとある晩、五歳か六歳かという小さな女の子が飛び入りし、踊り始めた。確か、女性ダンサーが一列になって踊るクライマックスの最中だった。女の子はそれは小柄で、色のさめた子供用のパレオを腰に巻いていた。胸も手脚も薄くて細く、見るからに幼い。

ところが、この子のダンスのうまいことと言ったら、完璧に大人を圧倒していた。細い手脚を自在にくねらせ、打楽器のリズムにみごとに乗る。観客は拍手喝采、口笛は鳴るし、写真は撮るし、もう大変な騒ぎ。が、女の子は緊張するでもなく、とにかくタヒチアンダンスが好きで好きでたまらないというように踊り続ける。

大人の女性ダンサーはクライマックスをだいなしにされ、面白くないのは当然だ。ついに女の子をつまみ出した。ところが、その子はすぐにトコトコ戻ってきて、また踊る。観客の熱狂はもはや頂点に達していた。

翌晩も、その子はやって来た。一枚しかないパレオなのか、昨夜と同じものを巻き、踊り出した。男性ダンサーは面白がり、彼女一人を相手に数人で即興の踊りで問うと、幼女ながら即興で応《こた》えたりする。こうなると「子役」の可愛さという単純なものではなく、いったいこの子は何者なのだとあきれ果てるしかない。客は昨日よりも熱狂し、知らない同士が手を取りあっての賞讃である。

が、三日目、女の子は現れなかった。評判を聞いたのか客はさらに増えていたのに、彼女は現れない。大人の女性ダンサーは懸命に踊っていたが、あの子を見てしまった目には、もはやさほどの魅力は感じられず、客たちは帰り始めた。私とスタッフも立ち上がった。

それぞれのコテージに向かい、客と私たちが歩き出すと、何と広場の入口にあの女の子がいた。いつもと同じ色あせたパレオをつけた彼女の前に、女性ダンサー二人が立ちはだかっていた。女の子は倍ほどもある二人を見上げ、必死に何か言っている。「中に入れて」とか「踊らせて」とか言っているのだろうか。しかし、二人の女は動かない。ついに女の子は諦め、小枝のように細い脚で海辺を歩き去って行った。

このシーンを見た時、私はデビューしたての美空ひばりを思い出したのだ。ひばりが九歳でデビューした時、笠置シヅ子の持ち歌を得意にしたという。ひばりの「天才」としか言いようのないうまさに、大人の笠置がいじめに出たという話は広く伝わっている。

あのタヒチ滞在から十数年が過ぎ、つい先日のことだ。私は女性ダンサーが幼女を追い返したことに関し、笠置のいじめとは違う仮説も立てられるな……と気づいたのである。

それは「アカデミー・オブ・ハワイアン・アーツ」の公演を観たことによる。この団体を率いるマーク・ケアリイ・ホオマルは、ハワイの古典的な伝統芸能の型に加え、彼独自の表現を展開させ、圧倒的なファンを持つという。

公演は昔ながらの打楽器と、ハワイ語の詠唱に合わせるダンスで、耳慣れたウクレレのハワイアン音楽やフラダンスとはかなり違う。これこそが「フラ・カヒコ」という伝統芸能だという。加えて独自の表現は伝統芸能とはまるで違い、型破りの激しさ。新しさ。このバランスがみごとで、非常に面白い公演だった。

私は客席の片隅で、型破りであれ、これを踊れるのは「血」ではないだろうかと思っていた。パンフレットには日系やアジア系らしきダンサー名もあるが、挨拶に立ったプロデューサーは、わざわざ、

「ダンサーの大半のルーツはハワイである」

と言っていた。その時、私はタヒチの女の子を思い出したのである。あくまでも仮説だが、ホテルの専属ダンサーたちはタヒチアンではなかったとした時、あの幼女の踊りに「血」を感じたということはありうる。たかが子供でもタヒチの「血」が踊っているのだから、どうにもかなわない。危機感と不快感で追い返したという仮説は立つ。

むろん、伝統芸能のジャンルで外国人が一流になることは当然ある。フラメンコでもファドでも、ケチャでもシャンソンでも、その他でも多くいるだろう。大相撲だって曙も武蔵丸も白鵬も外国人でありながら一流になった。

だが、公演パンフレットに書かれている「アカデミー・オブ・ハワイアン・アーツ」の理念は実に象徴的である。

「ハワイ文化遺産の継承、それがわれわれの使命です。(中略)それは過去、現在、未来において、ハワイ民族存続のための闘いです」

多かれ少なかれ、土着のもの、伝統的な世界にはこれがあるだろう。そこにおける「血」

を凌駕《りょうが》するにはそのものに対する深い敬意と、知性と、破格の努力がいるに違いない。

目の不自由な「写真家」たち

驚いたの何のって、本当にたまげた。「魂消《たまげ》る」という字は実に正しい。驚いて魂が消えて、言葉を失ってしまったのだ。

それは先日、目の不自由な子供たちが撮影した写真を見た時のことである。皆さんは想像がつくだろうか。たとえば全盲で、まったく外の世界を見たことのない子供がファインダーをのぞき、撮影するという行為を。そして、みごとな写真を撮るという事実を。

私が彼らの写真を見たのは、まったく偶然である。ある日、打ち合わせのために、編集者と一緒に写真家の管洋志《すがひろし》さんのスタジオに行った。打ち合わせが終わった夜更け、お酒を飲みながら管さんが言った。

「今ね、横浜市の盲特別支援学校の子供たちに写真教室を開いてるんだよ」

私も編集者も、その言葉の意味がすぐには理解できなかった。視覚を閉ざされていて、どうやって撮るのか……。被写体をファインダーの中におさめるという作業も簡単ではないだろう。何よりも「ファインダー」というものがどんなものか理解できるだろうか。「小さなのぞき窓があって、その中に撮りたいものをおさめるんだよ」とでも説明するのか。だが、この説明では、私ならとても理解できない。

その上、空であれ花であれ、また友達や兄弟を写すのであれ、彼らはその被写体を見たことがないのだ。

さらに、被写体の周囲には、余計なものがたくさんある。空と雲を撮りたくても、余計な屋根があったり、友達を撮りたくても背後にうるさい看板があったりだ。目が見える人たちなら、それらをうまく外してアングルを決められる。あるいはわざと面白く取り入れようと狙うこともあろう。しかし、目が見えない人には余計なものがあるかどうかもわからない。

私は、

「どんな写真が撮れるかは問題じゃなくて、カメラに触れるだけでも世界が広がるわよね」

と言った。すると管さん、フフフと笑ってファイルを出してくると、私の前に広げた。写真教室の子供たち二十三人の作品ファイルである。

イヤァ、すごい。信じられない。魂消た。私は声もなくファイルをめくり続け、やっと出した声が、

「この子たち、実は目が見えてるんじゃないの？」

だった。管さんは、

「この子たちの親が、あなたと同じことを言ったよ」

と「してやったり！」の笑顔を見せたが、本当に見えているとしか思えないアングルで、かつ、あったかくて生き生きした写真ばかりなのだ。

たとえば中一の松岡優衣さんは愛犬を写している。革張りのソファでのんびりと昼寝中の愛犬は、お腹に縫いぐるみの人形を抱いていて、この無防備な姿をみごとにとらえているのである。

高一の長田信清君は南浦和行きの電車がホームにすべりこんでくるところを写しているが、電車のどこかが切れていることは一切ない。そればかりか朝の光がまぶしく輪になって車両を包んでいる。

中二の内田佳君が撮ったチューリップの造花なんて、これはもう美術館が所蔵する絵のよう。乱雑に置かれた段ボール箱やテレビのリモコンなどの間に花びんがあり、極彩色の造花があふれている。殺伐とした空間に毒々しいほどの造花、そのコントラストがすごい。かつ、どういう光を当てて撮ったのか、全体にカーキ色をかけたように処理されていて、雰囲気がある。

高一の舘山貴史君が撮った空と雲の写真も美しい。垂れこめた雲が低く重なる中、隙間《すきま》から光が扇状に差し、空は彼方まで広がっている。

そんな子供たちの写真を見ながら、カメラによって世界が広がったのは彼らではなく、私自身だと思った。目が不自由なら写真は撮れない。そう決めてかかっていたところがあった。つくづく目をさまさせられた。決めてかかっては、自分自身が狭くなる。

ぜひぜひ多くの方々にも魂消てほしい。写真展が、七月三日（火）から八月二十六日（日）まで開催される。場所は横浜市中区の日本新聞博物館で、入場無料。写真集もボランティア価格（税込み九百円）で発行される。子供や孫と一緒に見て、「決めてかかる」ことの浅さを教えて頂きたい。

管さんは言っている。

「この子たちは親や先生や兄弟や、色んな人たちからたっぷりと愛情を受けて育ってるから、こんな写真が撮れるんだよ。以前、愛情に恵まれない子供たちに写真を教えたことがあったんだけど、彼らは壁とか窓とか空とか寒々しい風景しか写さなくてね……」

そういえば、今回の子供たちが撮った家族や友達や兄弟の写真は、どれもとびっきりいい。写真集の表紙を飾る永井咲生ちゃん（小二）の作品は、管さんが手放しで絶賛。小さな弟がぷっくりしたホッペで眠っている。愛されて育った咲生ちゃんだから、弟を愛することも知っているのがよくわかる。

私はふと『秋田魁新報』(五月十七日付)の記事を思い出した。

三重県紀北町の路上に、ケガをして動けないスズメがいた。それをある婦人が世話をし、毎朝「おはよう」と話しかけていたところ、何とそのスズメも「おはよう」と言うようになった。今では婦人の方言と同じイントネーションで九種類の言葉を話すという。

生物言語の研究者は、スズメのくちばしや舌ではこのように話すのは難しいとして、「愛情のたまものだと思う」と答えている。

将棋始めました

先日、男友達に、

「将棋始めました」

と書いてハガキを出したところ、電話が来て、

「冷やし中華みたいなハガキ、届いたよ」

と言われた。そういえば今頃の季節になると、ラーメン屋さんに、

「冷やし中華始めました」

という紙が貼られる。私は大笑いして、

「オー、うまいこと言う。座布団二枚ッ！」

とほめたというのに、彼はあきれたように言った。

「しかし、何だって突然将棋なんだよ。将棋に関心あったか？」

なかった。だが、本当に突然、何の脈絡もなしに「将棋を覚えよう」と思ったのである。

中には「ボケ防止だな」とか「老後の趣味のためだな」とか思う人もあろうが、それなら何も将棋をゼロから始める必要はない。少しは基本を知っているものの方が入りやすい。とにかく私は将棋をまったく知らなかった。「王将を取られたら負け」ということさえ知らず、将棋盤にさわったこともなく、駒の種類も全部は知らなかった。「香車《キョウシャ》」という駒は「カシャ」と読むのだと思っていた。

が、私は心に誓ったのである。「将棋が指せる女はカッコいいわ。絶対にそこらのオジサンより強くなってみせるわ！」と。そして、日本将棋連盟会長で永世棋聖の米長邦雄門下に入れてもらおうと、勝手に決めたのだ。米長会長とは東京都教育委員会などで定期的にお会いするので、すぐにお願いしようと決めた。男友達は電話で、

「……まさか、米長門下に入れてくれなんて本人に言ったんじゃないよな？」

と声が裏返っていたが、私は力一杯に答えた。

「言ったわよ。ヘン？」

「ヘンに決まってんだろッ。将棋連盟の会長だぞ。永世棋聖だぞ。カシャなんて言ってるバカがあの米長に向かって『門下に入れて』って……。ああ、頭痛くなってきた」

実はもっとすごいことを私は米長会長に言ってしまったのだ。

それは「玉将」という駒のことだ。私は移動の列車や電車内でも勉強できるようにと、マ

グネットで駒がくっつく盤を買ったのだが、そこに「玉将」という駒が入っていた。これを「ギョクショウ」と読むことも、「王将」と同じなのだということも後でわかったが、私は「タマショウ」と読むのだと思い、米長会長に質問してしまったのである。

「タマは取られてもいいんですか？」

「は？　タマ？」

「はい。駒の入っている箱に『将棋は王将を取られたら負け』って書いてありました。でも、タマは取られてもいいんですか？」

絶句しておられる米長会長を前に、私はふと気づいて言った。

「そうか、これって印刷ミスじゃないですか？　本当は『王将』って刷るところを間違って『玉将』ってやっちゃったんだわ」

するとなんと、米長会長はおっしゃったのである。

「内館さんね、あなたのようなレベルの人が将棋を始めるとみんな元気になるからね、こうしましょう。上達ぶりを『将棋世界』という月刊誌に連載エッセイで書いて下さい。自分一人の楽しみのためにだけ習うんじゃもったいない」

私は焦った。そんな専門誌に書けるわけがない。だが、米長会長は、

「とびっきりのイケメン棋士をつけますから、しっかり覚えて下さい」

と立ち去ってしまった。気のせいか、笑いをこらえた後ろ姿がふるえて見えた。

何日か後、『将棋世界』の田名後健吾編集長が連載の打ち合わせにいらした。もう引くに引けない。私にはみんなを元気にする天命があるんだわ。そうよ、そうなのよと肚《はら》をくくった。打ち合わせをしながら、田名後さんは私のレベルの低さにあきれたらしい。ここまで無知とは思わなかったというのが表情に出ていて、

「内館さん、わかりやすい入門書がありますから、すぐ送ります。先生につく前に予習しておいて下さい」

とおっしゃる。何しろ、私の先生は若きイケメンプロ棋士二名だ。交互について下さるという。一人は米長門下の中村太地四段で、時に十八歳。もう一人は藤倉勇樹四段で、こちらも二十七歳の若さ。今後の将棋界を背負う二人に向かい、私が「カシャ」だの「タマ」だのと言っては彼らの品格に悪影響を及ぼす。田名後さんはそう危惧したのだろう。

すぐに入門書が送られてきたら、何とこれがマンガである。まったく、私にはマンガがやっとだと見抜かれたのだ。

以来、私は努力に努力を重ね、第一回稽古日に備えた。移動の車内ではもちろんのこと、待ち合わせの相手が来る前にも、「みどりの窓口」に並んでいる時も、マンガに赤線を引きながら勉強した。男友達に、

「マンガに赤線引いてるヤツって珍しいよな」

と笑われたが、めげない私は本当に努力家だ。

こうして現在、五回の稽古を終えたところだ。今では「☖7二銀」なんて符号も読めるし、この前は「九手詰め」までできた。まだ対局は無理だが、それにしても将棋は面白い。こんなに頭を使うことは、日常生活にはまずない。それに、新しいことを覚えるのは細胞が生き返る感じだ。二か月前まで「タマ」なんて言ってた私が「王手飛車取り」なんかやるんだもの！

私は『将棋世界』に恥さらしの「上達日記」を連載しながら、来年の冷やし中華シーズンには、赤いマニキュアの指で相手を追いつめたいとひそかに思っている。カッコいいと思うなァ。

リトルボーイ　リトルガール

久間章生《きゅうまふみお》防衛大臣が辞任した。長崎への原爆投下を「しょうがない」と発言し、日本中の怒りを買ったわけだが、その辞任の弁は、

「私が思ったのと違った形で（発言が）伝えられて、理解を得られていないということで（後略）」

と報じられている（『読売新聞』七月三日夕刊）。

辞任前に陳謝、釈明もしているが、その言葉は、

「原爆（投下）を認めた、『しょうがない』と言った、と受け取られてしまったところに、今思うと私の説明の仕方がまずかったんじゃないかという気がする」

と語り、

「核廃絶、広島、長崎に落とされた原子爆弾は許せない、という気持ちは微動だにしていない」

と強調したと報じられている（『朝日新聞』七月二日）。

一方、これらの騒ぎを引き起こした発言の問題部分も各紙で報道されている。「原爆も落とされて長崎は本当に無数の人が悲惨な目にあったが、『あれで戦争が終わったんだ』という頭の整理でしょうがないなと思っているし、それに対してアメリカを恨むつもりもない。勝ち戦と分かっているときに原爆まで使う必要があったのかという思いはいまでもしている。国際情勢や占領状態からすると、そういうことも選択としてはあり得るんだな、ということを頭に入れながら考えないといけない」（『読売新聞』七月三日夕刊）。

これを読むと、久間大臣は自分の発言がまさかこんな騒動になるとは思わず、あれは本音だったということがわかる。

というのも、後の辞任の弁や釈明の言葉が、まったく成り立たないのだ。「説明の仕方がまずかった」とか「違った形で（発言が）伝えられて」と語っているが、別にまずくもないし違ってもいない。発言のままに伝わっている。また「原子爆弾は許せない、という気持ちは微動だにしていない」という釈明も、問題発言の中では情勢や状態により原爆使用も「選択としてはあり得るんだな」と語っているのだから、つじつまが合わない。つまり、騒動によってあわてて取ってつけた考え方では、本音をカバーできないのである。

一九八八年、ＮＨＫ広島局は「ＮＨＫ特集」の枠で、原爆投下のドキュメンタリーを制作した。それは『夏服の少女たち』というタイトルで、広島県立第一高等女学校の少女たちが主人公である。彼女たちの大半は被爆し、苦しみながら十二歳の生涯を閉じたのだが、生前の生活部分はアニメーションで再現することになり、私がその脚本を書いた。

そのためにみっちりと取材し、文献を読み、被爆者に話を聞いた私は、思い知らされたのである。原爆を二度も落とされた日本は、その恐ろしさと非人道的行為を国内外に徹底してアピールしなければならない。全身焼けただれて死んでいった人々のことを、断固として語りつがねばならない。絶対に風化させてはならない。

そして翌一九八九年、私はこの『夏服の少女たち』を日本テレビで二時間ドラマにした。タイトルは、

『リトルボーイ・リトルガール』

とつけた。「リトルボーイ」とは広島に投下された原爆の愛称で、「少年《リトルボーイ》」ということだ。その「少年」が十二歳の「少女《リトルガール》」を殺傷したという事実を訴えたかったのである。と同時に、「戦争ドラマ」のイメージから離れた横文字タイトルにすれば、若い人たちが見てくれるのではないかという狙いもあった。語りつぐためには、何としても若い人たちに見てほしかった。

その後、『リトルボーイ・リトルガール』を小説に書き、出版した。現在は講談社文庫に

入っており、全国の小学校や中学校では小説をもとに先生が劇作し、文化祭などで演じられている。そうやって、少しでも伝わることが本当に嬉しい。

『リトルボーイ・リトルガール』のベースになっている『夏服の少女たち』というのは、県立第一高女の女学生の制服を指している。彼女たちは入学すると真っ白な夏のセーラー服を自分で縫う。広島県下で最優秀の女学校は、その白いセーラー服が象徴であり、憧れであり、誇りであった。

昭和二十年、十二歳の一年生たちは、粗末な白い布でイソイソと縫いあげた。しかし、いよいよ着用という時、「白は敵機に目立つから」とみんなまとめて大釜で黒く染められた。白い夏服だけが楽しみだった少女たちなのに、何の文句も言わずに従うのである。

私は彼女たちが死の前日まで書いていた日記もすべて読んだが、食べるものもない中、耐えて夢見て必死に生きていたことがわかる。

そして八月六日、少女たちは栄養失調で生理も来ない体で、炎天下の力仕事にかり出されていた。

その時、強烈な閃光が炸裂した。午前八時十五分。数学者ジョン・フォン・ノイマンが「最大殺傷高度は五六五メートル」と計算しており、「リトルボーイ」はまさにその高度で人間も街も草木をも焼き殺した。

さらに三日後の八月九日、長崎に「ファットマン」が投下された。「太った男《ファットマン》」は、食べるものもなくやせた長崎市民を殺戮《さつりく》した。

核兵器による死がどれほど酷《むご》いものか、どれほど人道主義に合致しないか、原爆資料館を見るだけでも、文献を一冊読むだけでもわかる。さらに、現在の国際社会がいかに核に厳しいかは、テレビのニュースが日常的に伝えている。「(原爆投下は) 選択としてはあり得るんだな」はあり得ない。

政治家のレベルは国民のレベルを示す。私たちも恥じねばならない。

気合の入った老後

この四月以降、私のところには、「小野小町について話を聞かせて下さい」という取材依頼が非常に多い。そう、クレオパトラと楊貴妃と共に「世界三大美女」とされる、あの小野小町である。六歌仙の中にたった一人だけ女流歌人として選ばれた、あの小野小町である。相撲に関する取材より多いなんて、私にとっては稀有《けう》なことだ。

これにはわけがあり、私は（秋田を拠点とするプロ劇団）「わらび座」にミュージカル『小野小町』を書きおろし、四月から「わらび劇場」で公演が始まっているのである。公演は来年一月までのロングランだ。

同劇場は秋田新幹線角館駅から車で七分ほどのところにあり、行きやすい。とはいえ、地方都市の劇団が地方都市の劇場で演ずるミュージカルに、どれほどの関心が集まるのか、どれほど集客できるのか、かなり不安視していた。

しかし、四月に初日を迎えると取材依頼が続き、観客も二か月半で三万人も動員したそうで驚いた。が、やがてその理由がわかった。というのも、どの取材でも必ず質問されるのである。

「従来の小町像とはまるで違いますね。小町というと美貌の衰えを嘆いて、一人ぼっちの不幸な老後を送り、淋しく死んだという説が行きわたっていますが、内館さんの小町はすごい気合の入った老後ですよね。こういう小町像をどこから作ったんですか」

だいたい、従来の小町像は私の性《しょう》に合わなかった。何しろ、小町というと、

「花の色は移りにけりないたづらに　我が身世にふる眺めせしまに」

と、この歌ばかり。美貌はまるで花の命のように短く、年齢と共に老いさらばえていくのね……と嘆く解釈がハバをきかす。そこには「美しい女の末路は哀れ」という考え方がある。つまり、「美人の末路は哀れであってほしい。無残であるべきだ」という意識が働いている。もっと言うなら、そこには「美人は美しさをハナにかけるからバチが当たる。このように性格が悪いのは何よりいけない」などと、妙に道徳的な教えと重ねたりもする。

何より小町の人生は謎に包まれており、老後が不幸だったかどうか見た人はいない。が、どうしても人々の願いはそっちへ行く。ずっと幸せではブスが哀れだという平等主義か。

京都には小町の年老いた姿の像があるし、老いた姿を水にうつして嘆いたという井戸もある。葛飾北斎が描く小町の老後も哀れだ。白髪を乱し、ボロをまとった小町が杖を頼りにや

っと歩いていたり、旅の途中でポツンと一人で座って虚空を見つめていたり、残酷なほどの絵である。

しかし、私はずっと以前に、小町のすごい歌に出会っていた。その歌を知った時、それまで見聞きしていた小町像が一変した。その歌は、

「我れ死なば　焼くな埋むな野に晒《さら》せ　痩《や》せたる犬の腹肥やせ」

というものだ。

晩年に作った歌らしいという。老境にある小町が、「私が死んだら焼くことも埋葬も必要ないから、そこら辺に転がしといてね。遺体は痩せた野良犬に食べさせて、お腹いっぱいにしたげてね」という歌を作った。これはすごいことではないか。まさに「壮絶」である。

おそらくこの歌とて、老醜の小町があてどなくさまよう中でヤケになって作ったという解釈もされよう。「どうせ私なんか犬に食わせてちょうどの女よ」と捨てばちになった一首という解釈は当然できる。

だが、この歌を知った瞬間に、私はまったく別のことを思っていた。小町は晩年に至るまでの自分の人生を、何ら思い残すことなく十分に生き切った女ではなかったかと。

秋田で生まれ育った小町の人生は謎だらけだ。一説として、少女の頃に京にのぼる。当時、現在の東北地方の人間は「蝦夷《えみし》」と呼ばれて蔑《さげす》まれていた。きかん気な蝦夷は朝廷の言いな

りにならず、権力者の藤原氏も天皇もそれが悩みの種だった。そこに少女とはいえ、蝦夷の小町が乗り込むのだから、いじめもあったはずだし、どれほどバカにされたかも想像がつく。だが、彼女は美貌や和歌や学問の才能を武器に、自分の人生を切り拓《ひら》いていった。美貌の衰えも含めてさんざんイヤなめにあい、逆にいい思いもたくさんして、どんな境遇をも受けいれて面白がる努力をした小町だと仮定したなら、晩年も気合を入れて生きただろう。となると、例の一首はヤケや捨てばちで詠《よ》んだ歌ではなく、

「ああ、生きるってことは刺激的ね。ぶっ殺したいヤツもいたけど、おかげで退屈しなかったし、思いっきり生き切ったわ。ああ、ホント面白かったァ」

という意識から詠んだという解釈もできる。「遺体なんて単なる器よ。せっかくだから最後まで野良犬のために役立ててよ」とケロリと詠んだという解釈をした私は、この一首を原点にしてミュージカル脚本を書いたのである。当然ながら従来の「淋しく悲しい美人のなれの果て」というストーリーとはまるで違う。

小町の晩年については種々の説があるが、私は「京から秋田に単身もどり、山の洞窟で九十二歳まで生きた」という説をとった。そして、洞窟暮らしの独居老女を、決して哀れに書かなかった。気ままに独りを楽しみ、村の若者が野菜や魚を届けてくれては、

「婆ちゃん、美人だよなァ。何かそこらの婆ちゃんとは違うよなァ」

と一緒に酒を飲む。
そう、気合の入った女は、九十二歳だろうがやはり美しいに決まっている。

朝青龍はいい笑顔だった

日本相撲協会は八月一日、横綱朝青龍に対して「秋場所と九州場所の出場停止」、「師匠と共に減俸三〇%四か月」、「九州場所千秋楽（11／25）までの謹慎」という処分を出した。

これは大きく報道された通り、朝青龍が「腰の疲労骨折と左ひじ靭帯損傷などで全治六週間」という診断書を提出し、夏の地方巡業不参加を申し出たことに端を発する。もっとも診断書を提出したのは高砂親方で、朝青龍はその前にすでにモンゴルに無断帰国していた。が、巡業にも出られないほどの骨折だというのに、帰国中のモンゴルでサッカーに興じているところが日本で放送されてしまった。七月二十五日のことである。協会は激怒し、高砂親方は電話で、「骨折しているなら入院せよ。してないなら巡業に出よ。ともかくすぐ日本に戻れ」と厳命したという。今回の処分はこの「事件」に対するものだ。

私が不思議でならなかったのは、師匠に「すぐに日本へ戻れ」と二十五日に命じられたなら、普通は取るものも取りあえず翌日には戻るだろう。が、朝青龍が戻ったのは三十日である。状況のまずさと師匠命令をものともせず、まる四日間もモンゴルに停《とど》まるのには、いかなる理由があったのか。だが、この状況を考えた時、ほとんどの理由は四日間も停まる言い訳にはならない。三十日に憮然とした表情で日本に戻り、報道によると北の湖理事長に、

「反省している。日本で治療して来場所頑張る」

と謝罪したらしいが、師匠命令が出てから五日後に戻り、反省と謝罪を口にしても、誰が本心だと思うだろう。

実はこの問題が明らかになった時点で、横綱審議委員は互いにただちに連絡を取りあった。そして、素人には理解不能の診断書については、鹿島労災病院長で整形外科医の守屋委員がいずれ糾《ただ》すとして、

「横綱昇進の際、『朝青龍は品格に問題があるので、そこを師匠が厳しく教育すること』という条件付きで昇進を許された。ところが条件違反で不祥事が数え切れない。加えて今回の事件、見逃すのも限界だ」

ということで一致。協会の処分が下される前に、横審の見解を伝えるべく、海老沢委員長が北の湖理事長と面会している。

私も今回の処分は、当然だと思っている。これまでも態度が悪すぎた。乱闘寸前の事件の数々、パトカー騒動、加えて稽古もろくにせずに帰国ばかり。先代親方の葬儀も、自分の綱

打ちもモンゴルから戻って来ないし、無断帰国も多い。私が横審で追及した時は、師匠はシドロモドロだった。

問題のサッカー映像だが、私は三十日の「ザ・ワイド」(NTV系)で見た。それを見た時、私が何を思ったか。「ああ、朝青龍は何といい顔をしていることか」だった。グラウンドを全力疾走し、ヘディングし、シュートし、力余ってひっくり返る。そのどの顔もどの顔も、本当にいい。全身で喜び、笑顔は大らかで一点の陰《かげ》りもない。幼い男の子が転がって遊んでいるような、見ていてこちらも幸せになるほどの顔には胸をつかれた。優勝しようと横綱になろうと、あの笑顔は日本では絶対に見られまい。

朝青龍ことドルゴルスレン・ダグワドルジは、祖国モンゴルを愛して愛してやまないのだ。モンゴルのためなら何だってやってやりたいのだ。今回のサッカーもモンゴル政府の依頼だったというし、二〇〇六年の夏場所中には支度部屋で「モンゴル巡業実現」のための署名活動を展開した。これには理事長から厳重注意されているが、祖国モンゴルがからむとやっていいことと悪いことの判断が甘くなってしまうのだろう。であればこそ、とにかく無断でも帰国したい。礼なんぞ欠きまくっても帰国したい。優勝すると、今場所のようにモンゴル国旗をかざして名古屋をパレードし、祖国をアピールしたくなる。

例外はあるにせよ、一般的には誰しも祖国を愛している。朝青龍の思いは実にまっとうである。

問題はただ一点、外国で稼がせてもらい、外国で暮らし、外国で恩恵を受けているのに、その外国に対する敬愛の念がまったく見えないことである。朝青龍の態度の不遜さ、品性と責任感の欠如、粗暴な言動は、何もかもすべてこの一点に集約されると私は思っている。

自分の祖国に歴史や文化があるように、外国にもある。自分が祖国を愛しているように、外国人も祖国を愛している。そこを理解できないのか。あるいは「強けりゃ何をやってもいい」と外国をなめているのか。もしそうならば、それらはいずれも知性の欠如である。

これまで、日本人も協会も大甘だった。イチロー選手が米大リーグのオールスター戦でMVPを手にした際、日章旗をかざしてグラウンドを回ったなら、アメリカ人は激怒しよう。第一、外国への敬意を抱いているであろうイチローは、そんなことは考えもするまい。

朝青龍が不参加を決めた地方巡業は、各地のファンにナマの相撲や力士を見てもらうためにも、力士の鍛練のためにも、非常に重要な公式行事である。率先して出るべき横綱の不参加と帰国に、協会幹部の高田川親方（元大関・前の山）が、

「出たくないなら、半永久的に出なくていい」

とまで言うのも、うなずける（「ザ・ワイド」7／30）。

大相撲は国技である。千年以上の歴史を重ねた伝統文化である。協会は公益法人である。

それに対し責任を感じず、かつ今後も外国に敬愛の念が持てないなら、あとは自分で考えるしかない。

自分で進退を決めよ

相撲協会から処分を受けた横綱朝青龍が「急性ストレス障害」になり、モンゴルに帰国させるか否かが騒がれている。

横綱は処分が重すぎるとショックを受け、抑うつ症状が出ているという。精神科医によると、「母の料理が食べたい」と言っているそうで、早く帰国させた方がいいと診断されている。世間では、

「そこまでヤワな男だったのか。引退して帰れ」

「病人をいじめるな。帰国させるべき」

という意見の他、横綱と親しいという人は、

「今回の一件は日本人のいやらしさ、ひがみ根性が出た。本来の武士の情け、義理人情はどこへいったのか」

と語る。

世間では、「あの不遜な態度なのに、まさかそんなに気が弱い男とは。帰国したいがための仮病ではないか」という声も多いようだが、実は「気が弱い」「気が小さい」という声は、以前から親方衆や記者さんからもよく聞いていた。

今から二年くらい前のことだ。私が朝青龍の稽古不足や無断帰国や、所作のデタラメ、態度の悪さを口うるさく糾弾していた最中《さなか》で、朝青龍も私に激怒しているという噂が入っていた。そんなある夜、私はどうしても観たいプロボクシングの試合があったのだが、チケットが入手できない。すると知人が、リングサイドを一枚だけ都合をつけてくれた。私が大喜びで後楽園ホールに行くと、言われた。

「隣席、朝青龍関なんですけど、まずいですよね」

私はびっくりしつつ、

「私は構いませんよ」

と答えたが、結局、横綱は現れず、超プラチナシートは最後まで空席だった。後で知人が言った。

「来場されてたんですが」

私が隣ではうざかったのだろう。私を大嫌いで、かつうざいという思いがあるにせよ、「みんなが言うように気が小さいんだな……」と妙に愛らしく思ったことを覚えている。この一件からだけでも、私には抑うつ症状が仮病とは思えない。

おそらく、体も小さく、気も小さい中で、あれほどの偉業を成すには威嚇《いかく》や蛮勇も織りまぜ、常に「いっぱいいっぱい」で闘ってきたのだと思う。私のところには朝青龍を悪く言う手紙が全国から届いたが、私は一通一通に、

「もう少し見守ってほしい。必ずいい横綱になる器です」

と書いて返信した。私は口うるさく糾弾しながらも、いい横綱になってほしいという思いは強かった。

だが、周囲が常勝を許すようになり、増長した。「いっぱいいっぱい」は威嚇と蛮勇に形を変え、稽古も礼節も責任感も欠いた。師匠の教育不足もあるが、いいトシこいた男の自己責任は大きい。

今回の一件に関し、できる限りのテレビや新聞の報道に目を通したが、その限りにおいて、最も適切なコメントをされていたのは精神科医の香山リカさんと、若貴兄弟の母で二子山部屋の元おかみさんの藤田憲子さんだったと思う。

香山さんは八月六日付の『サンケイスポーツ』に、日本にいると反応性うつ状態を悪化させかねないことに理解を示しながらも、

「この状況を招いた本人が謝罪会見もしないうちに診断結果が発表され、批判しにくいよう

な状況になるのは、精神科医として複雑な気分だ。診断が隠れみの的に利用されるようなことはあってほしくない」

とし、藤田さんは八月七日の「ワイド!スクランブル」(テレビ朝日系)で「地方巡業は本場所と同じ重さを持つ。それに参加せずに無断帰国し、サッカーをしていたことはすべて自己責任です」という内容を語っておられた。私はこのお二人のコメントがすべてだと考える。

朝青龍は公益法人の看板としての責任を放棄した。

過去、巡業先各地の人を喜ばせたいと、武蔵丸をはじめ怪我をおして土俵入りだけ見せた横綱も少なくはない。実際、「全治六週間」の診断書が出た直後、北の湖理事長は、「少しでも良くなったら、土俵入りだけでもいいから出てほしいと巡業部から要請があった」

とまで語っている(七月二十六日付『産経新聞』)。

だが、それをせずにモンゴルでサッカーに興じた。こういう横綱にいかなる武士の情けを与えようというのか。武蔵丸らのように、土俵入りだけでもやることこそ義理人情だろう。義理人情が必要なのは朝青龍の方である。

また「モンゴルの子供たちを喜ばせるためにサッカーをやったのだ」という声もあるが、

巡業先でも日本の子供たちが横綱を待っている。私は八月四日の仙台巡業に行ったが、子供たちのはしゃぎようは大変なもので、力士たちは汗だくでサービスしていた。無断帰国をしてでも故国の子供だけを喜ばすというのは、横綱がやることではない。たとえ己の本心に反してもだ。これも武士の姿勢だろう。

つまり今回の一件は、横綱の職場放棄と責任放棄に対して処分が下った。藤田さんのおっしゃる通りで、実にシンプルな話だ。その後の「抑うつ」だとか「急性ストレス障害」だとかは、本来切り離して考えるべきこと。香山さんがおっしゃるように「(病人を) 批判しにくい状況」にした医師は勇み足である。

私は、病状によっては至急帰国させる方がいいと考えている。ただし、謹慎中に、もしも天下の横綱が会見することもないまま帰国するなら、その時は散り際を考えよ。それも武士の姿勢である。

百歳のエレガンス

料理研究家でアートフラワー創始者の飯田深雪さんが、七月四日に老衰で亡くなられた。百三歳でいらしたという。

私は生前、対談で一度だけお会いしている。ちょうど百歳の時で、中野の深雪スタジオで行われた。その対談は『おしゃれに。女』（潮出版社）という一冊に収録されているが、開始早々から爆笑であった。

というのは、飯田さんは手にした杖をとても恥ずかしそうになさるのである。百歳が杖を必要とするのはごく当たり前のことであり、私はまったく気にならなかったのだが、飯田さんはおっしゃった。

「去年八月に骨折しましてね。三か月入院してたんですよ」

ああ、それで普段は手にしない杖が恥ずかしいのかと思っていると、飯田さんはすごく不快そうにつぶやかれたのである。

「杖、いやなんですよね。何だかおばあさんみたいでしょう」

一瞬おいて、ご本人も私もスタッフも大爆笑である。飯田さんは、

「百歳でこんなこと言うのはおかしいわね」

と笑いが止まらなかったが、この一言は実に刺激的だった。「何だかおばあさんみたいでしょう」という一言は、まぎれもなく本音であった。そして、私はそこに飯田深雪という人の生き方があると気づかされていた。

おそらく、世間的に「おばあさん」とされる年齢に入って以来、飯田さんは百歳の今日まで、ただの一度も自分を「おばあさん」と思ったことはないし、そういう発想さえなかったのだ。「年齢には一切、左右されない」というのが、生き方の背骨としてあったのではないか。それも、

「トシなんて関係ないわッ。私は私よッ！」

と頑張って叫ぶのではなく、無意識のうちに年齢を枠外に放り出している。この「無意識のうちに」というのがすごくて、そうでなければ、

「何だかおばあさんみたいでしょう」

などというセリフを、あそこまでサラッとは言えない。まるで、

「ホラ、バスが来たわよ」

とても言うのと同じ口調だった。杖によって「おばあさんみたい」だと意識させられ、そのことに腹が立つという感じでもあり、みんなで大笑いしながら、私は「何てカッコいい人か」と思っていた。

対談として収録されたのはほんの一部だが、お茶とお菓子を頂きながら、私は二時間も色んなお話を伺い、そのエレガントな佇《たたず》まいにたくさんのことを学んだ。

ひとつは「手抜きせずに装うこと」である。

これは洋服からスキンケアに至るまですべてに対してだ。この日、飯田さんは深い紫色のチュールレースのブラウスに、同色のスーツを着ていらした。それもスーツの上着は前ボタンを外し、羽織るようにされ、胸元にはパールのネックレス。ものすごく優雅だった。

さらに驚くべきことに、頬にも手にもシミがひとつもないのである。老人斑がただのひとつもない肌は、それだけで「おばあさんみたい」には見えない。私は、

「どうやったら、その肌を作り、守れるんですか」

と身を乗り出して質問した。すると、

「とにかく、肌の汚れを徹底して落とすことね。お化粧というのは『落とすこと』が何より大切。私はもう八十年も『ポンズ』というクリームをたっぷり使って落としてます」

とおっしゃる。さらに、

「それと食事。朝はしっかり食べること。必ずフルーツを頂いてね。フレッシュジュースでもいいのよ。日本ではミカンがたくさんとれますから、ミカンのジュースがいいわ」

とおっしゃった後で、スパッと次の一言。

「私は、季節のものでないものは食べません」

今は野菜でも果物でも一年中出回っており、本来の季節がわからなくなっている。飯田さんは、

「たとえば、今は冬でも茄子《ナス》が出てるでしょう。私は茄子はせいぜい十一月までしか食べない。本来の季節に出ているものと、そうでないものでは栄養価が全然違うんです。それを意識するだけで、体はすごく違ってきますよ」

と微笑《ほほえ》んだ。そして、

「眠る前に必ず蜂蜜レモンを飲みます。レモンを絞って水で割って、蜂蜜を加えるだけですけど、これは血液の循環をよくします。ですから神経痛も出ないし、私は骨折した以外は、本当に病気に無縁で助かってるの。病気をすると、とたんに年を取るから気をつけないと」

と、脇に置いた杖に向かってしかめっ面を作ってみせた茶目っ気を、今でも思い出す。

もう一点、私が学んだことは、普通とは逆のことを平気でなさる姿勢だ。何と八十歳になった時、息子さんとの同居を解消して一人暮らしを始められた。普通は高齢になると同居す

るだろう。また、骨折の際は「百歳に手術はしない」と拒否する医師を、「また元気に働きたいから」と説得したという。これらの行動は、自分を「おばあさん」と考える発想さえない証拠であろう。

私の家のリビングには、金色の細工が美しいベネチアガラスの大きな花びんがある。あの日、飯田さんが、

「ああ、今日は楽しかった。だからプレゼントよ」

と、ご自分のコレクションの中から下さったものである。キラキラ輝く花びんを見ると、「老衰」で亡くなるなんて、何とすてきな一生だったことかと、輝くような笑顔が重なる。

「貧乏臭さ」考

少し旧聞に属すが、七月五日付の『朝日新聞』夕刊の「窓」に猪瀬直樹さんが出ていた。作家であり、東京都副知事である猪瀬さんが、小泉純一郎前首相と石原慎太郎都知事の共通点として、

「貧乏臭くないんだよ」

と答えていた。

この答えにはうなった。意表をつかれた。この視点で二人をくくったのはさすがだなァと思った。

私は小泉前首相とも石原都知事とも幾度もお会いしているが、確かに貧乏臭さがまったく感じられない。

この「貧乏臭くない」という雰囲気は、国家元首や行政の長に限らず、上に立つ人間には備わっているに越したことはない。

すると、七月十一日の同紙「声」の欄に、読者からの「貧乏臭いのを馬鹿にするな」という猛烈な反論が出ていた。投稿者は東京在住の四十五歳の主婦である。

彼女は猪瀬さんの「貧乏臭くない」という言葉に対して、

「腑《ふ》に落ちない嫌な感じがした」

と書き、

「上に立つ者が口にすべき言葉ではない」

と怒る。続けて、

「『貧乏臭い』のどこが悪いのだろう。ロシアが冬季五輪の招致に巨費をかけたみたいに、東京五輪の招致にも莫大な税金を使うとしたら、貧乏臭くはないだろう。でも、国や都の予算というものは、貧乏臭く切り詰めて、余分なところのないように組むのではないのか」

と書いている。そして、酒で憂さを晴らすしかない日本人の実態や、くだらないテレビドラマやバラエティばかりがあふれている現状に触れ、

「表面だけの豊かさに目を奪われ、リッチなようで本当は貧しい今の社会や文化。猪瀬氏の言葉にも、同じニュアンスを感じた。貧乏臭いのを馬鹿にするな」

と結んでいた。

この文を読むと、彼女のとらえ方は、猪瀬さんの意味する「貧乏臭い」という概念から少

しズレているように思う。

猪瀬さんのおっしゃる「貧乏臭さ」というのは、その人間の佇まいを指しているのだと思う。その人間がまとっている雰囲気と言ってもいい。

私も「貧乏」と「貧乏臭い」はまったくの別物だと考えている。「貧乏人」と「貧乏臭い」もまったく別である。「貧乏」や「貧乏人」は、一般的には物理的に何も持っていない状況を指す。だが、「貧乏臭い」は人間の佇まい、雰囲気であるから、物理的に裕福で財産を持っていても、貧乏臭い人は貧乏臭い。

「貧乏臭いか否か」というのは本当に不思議な概念で、その人の社会的地位や学歴の有無は一切関係ない。もちろん、財産の有無も関係ないし、出自や男女別や年齢もまったく関係ない。頭の良し悪しも、性格の善し悪しも、主義主張も何ら関係しない。ただただ、その人が発する雰囲気である。

たとえば豪邸に住んで、何台もの外車を持ち、社会的地位もあるA氏が、

「何か貧乏臭い人よね」

と言われ、物理的に本当に貧しくてキュウキュウとしているB氏が、

「あの人って何か違うよね。実はいいとこのボンボンなんじゃないの？」

などと噂されたりするから面白い。当然ながら、本当にリッチで貧乏臭くない人もいるし、

本当に貧しくて貧乏臭い人もいる。子供であっても「貧乏臭い」か否かは顕《あらわ》れる。

つまり、投稿者が書いているように、五輪の招致に巨費をかければ「貧乏臭くはないだろう」という話ではないと私は考える。巨費をかけても、貧乏臭い国は貧乏臭い。

もしも、石原知事が都の予算を「貧乏臭く切り詰めて」、そのあげく、やっぱり巨費は工面できず、五輪招致からスゴスゴと撤退したとする。ところが、これを石原知事がやっても、おそらく貧乏臭くはなりえないと私は思う。「貧乏臭い」という概念は、巨費をかけるか否かということではなく、単に人間の雰囲気を示しているからである。

たとえば、飢餓と伝染病と貧困に苦しむ国の国民が、必ず貧乏臭いかと言ったらそうではない。それは写真を見てもわかる。

投稿者が現在の日本社会や文化が表面上だけ豊かだと嘆くことは、まさにその通りだ。だが、単純に「貧乏臭い」か否かという話には、そういう文化論は重なりにくいし、「貧乏臭いのを馬鹿にするな」も、少し短絡的と言える。猪瀬さんが「貧乏を馬鹿にした」のなら怒りは当然だが。

「貧乏臭い」と同様に、「華がある」という概念もわかりにくくて面白い。

よく「彼女は華がある」とか「彼は華のある選手だ」などと言うが、これも容姿とは関係ない。ファッションセンスも関係ないし、スポーツ選手の場合、成績も関係ない。ブスなのに何か華のある女の人や、負けてばかりいるのに華のある選手はいるものだ。

以前、花人の川瀬敏郎さんと対談した際、「華」の話になった。川瀬さんは、

「華というのは『気配』なんです。華というのは（その人の）『色』なんですよ」

と語り、華というものを後天的に身につけることは、

「たぶんできないと思う」

と答えておられた。

私は「貧乏臭い」か否かというのもその人の「気配」であり、「色」であり、後天的なものではないように思う。だが、「貧乏臭くない人」や「華のある人」は、ちょっと油断すると、一気にその気配や色が消えることはある。人間、公平に作られているものだと改めて思ったりする。

識者もすなる差別

今回の「朝青龍職場放棄事件」とその後の「なぜか引きこもり事件」に関する報道や、「識者」と呼ばれる人たちのコメント、そして世間一般の反応などを読んだり聴いたりしていて、気になることがあった。

「プロレスにでも行け」

という論が目立ったことである。ある日のスポーツ新聞では「放送プロデューサー」の肩書を持つ「識者」が、朝青龍をしっかりと監視せよとした上で、

「それでもイヤだというならプロレスでもなんでもやればいいさ」

とコメントしている。

多くの「識者」たちを含めて世間一般の、

「プロレスにでも行け」

という論はあまりにも失礼だろう。いや、朝青龍に対して失礼なのではなく、プロレス界

とプロレスラーに対してである。

「プロレスにでも」という言い方は、どう考えてもプロレスとプロレスラーへの蔑視である。だが、おそらく「識者」らのコメントは、蔑視を意識しているまい。何ごとにおいても、意識した上で差別的発言をするには、相当な覚悟と勉強が必要だ。だが今回は、プロレスを観たこともなければ何の関心もなさそうな「識者」や世間一般が、ごく当たり前のように「プロレスにでも」と言う。

そして、この失礼で無神経な発言が、社会で全然問題にならない。ということは、それを口にする側も、その言葉を読んだり聴いたりする側も、プロレス蔑視は無意識すぎて、何の疑問も起こりようがないのだ。深層で当たり前に「プロレスなんか」と思っているということだろう。これは明確な意識のもとで、覚悟の上で蔑視するよりはるかに恐い。

もしも誰かが不祥事を起こし、その業界にいられるかいられないかとなったとして、「識者」や世間が、

「放送プロデューサーでもなんでもやればいいさ」

と新聞にコメントしたなら、件《くだん》の放送プロデューサーは激怒するだろうし、世間からも「差別的発言だ」という投書もありそうだ。だが、プロレスに関してはそういう投書も見ないし、「識者」たちも堂々と口にするのだから珍奇だ。

まして「識者」と呼ばれる方々の多くは「土俵の男女平等」をはじめ、人権だの平等だのを時には過剰なまでに吠えるんですけどね。それがこれほど堂々とプロレス蔑視を言ったり、それに対して「差別だ」という声もあげない。つまり、彼らも無意識下に差別しているからだろう。そう考えると、人権だ平等だと吠えまくる人たちは、高い所からの善意なんでしょうね。

そんなある日、プロレス記者の鈴木健さんとおっしゃる方の署名記事を目にした。『週刊プロレス』の八月二十二日号である。朝青龍の「プロレスにでも」という声に関し、次のように冷静にかつ明快に書いている。その部分をご紹介する。

◎

「私が引っかかるのは、こういうネガティヴな事態が起こると必ず二言目には〝プロレス〟の四文字が出されること。角界の問題児は、そっちの業界の方がお似合いだと言わんばかりの論調になる。

国技にはふさわしくないが、プロレスならばいい。我々は、そうした負の要素を正に変えられるジャンル性を理解しているが、世間ではそうした受け取り方とは違う。

もちろん、本当に朝青龍が土俵からリングに転身したら爆発的な効果をもたらすだろうが、それは別問題。歓迎するか否か以前に、プロレスがそのような対象に見られていることに憤りを覚えるのだ。

世間では、プロレスならば好き勝手にできると思っている。K－1側も関心を示したと報じられたが、同じ対象としては見られていない。あくまでも問題児はプロレス、となる」

◎

私は、大相撲とプロレスには不思議な共通項があると考えている。共に「単なるプロスポーツではない」ということだ。ところが、その共通項の次に続く言葉がまるで違うのである。世間の認識は、

「大相撲は単なるプロスポーツではない。神事だ」

である。そして一方、

「プロレスは単なるプロスポーツではない。ショーだ」

となる。

この差は大きい。大相撲は神事の歴史が厳然とある中、国技となり、文化財として見られ、公益法人を許されて八十年余りになる。プロレスは何もかも「ショー」の一言でまとめられ、色もの視される。そして、純粋なプロスポーツの野球やサッカー、ボクシング、ゴルフ、テニス等々は一般全国紙に試合の展望や結果が載る。が、プロレスは基本的には載らない。それならば、「ショー」として劇評欄や芸能欄に載るかというと、それもない。プロレスはま

さしく、村松友視さんが書かれたように「他に比類なきジャンル」である。

ただ、私が鈴木記者と違うのは、世間一般や「識者」にとってＫ－１も総合格闘技もプロレスも大差なく見られていると思うことだ。おそらく、「プロレスにでも」の「にでも」の中には、一般全国紙に載らない格闘技をみんなまとめて入れているのだ。件の放送プロデューサーの「プロレスでもなんでも」の「でもなんでも」も同様である。こうやってまとめてしまうのは何と不遜なことだろう。

その上、無意識に蔑視し、無意識に不遜なことを口にする人たちの少なからずは、プロレスも他の格闘技もほとんど観てはいないだろう。自ら観ることもせず、いわば二次資料的な情報で堂々と語る。リングに立てそうな度胸である。

朝青龍、もう自ら引退せよ

　モンゴルに帰国した朝青龍が、今月中に再来日して謝罪会見を開く気になっているらしいと報道された。

　私は、自ら引退を決断することが最良と考える。

　一人の人間がここまで自分が籍を置く業界を汚《けが》し、醜態をさらした。一般企業ならば「解雇」である。私は幾人もの、種々の業界の経営者に問うてみたが、全員が口をそろえて「過去にいかなる業績をあげていようと、今回のケースは解雇」と言い切った。実際、「朝青龍が巡業を休んで無断帰国してサッカーをしていた」という、ただそのことだけに対しても、ある力士は、

「うちの部屋でそんなことをしたらクビになる」

と答えている（『朝日新聞』八月二十二日付）。

　だが、何よりも醜悪だったのは、この後の「自ら籠城した」ことである。中には、「あん

な軟禁をされては、誰だって精神を病む」とテレビでコメントする人たちもいたが、間違ってもらっては困る。協会は「軟禁」はしていない。あれは自ら「籠城」したのである。精神科医の小田晋さんが、「不当で理不尽な処分を受けたと思い、ふてくされて家から出て来ないということです」としたコメント（NTV系「ザ・ワイド」八月二十二日）に同意する人は少なくあるまい。

今回の事件の発端は「公益法人の横綱が、公益法人の職務をすっぽかした」ということだ。公益法人は税制などで大きな恩恵を受けており、その代償として果たすべき職務がある。それを放棄して無断帰国し、サッカーだ。弁解の余地はない。

この職場放棄に処分が下されるのは当然。なのに、謝罪会見もせぬまま籠城した。自発的に決行した軟禁で精神を病み、協会は帰国療養させざるを得なかった。

これら一連の状態を考えた時、最高位の日下開山として、自らの引き際を自ら決めて明言することが、最後に残された「価千金」の唯一の道である。

当然ながら、問題が一段落した時点で師匠の高砂親方も、何らかの進退を明らかにするだろう。が、朝青龍が師匠より先に進退を明言したなら、おそらく「やめるな！」「あなたは悪くない！」「立派だ！　また土俵にあがれ」という大コールさえ起きるだろう。引退しかないことをしでかした自分に、せめてそんな花道を自分で作ってやることだ。これ以上、自身の晩節を汚してはならぬ。

八月三十一日の昼には横審の臨時会合が開かれた。当日の朝刊には「引退勧告か？」と出たが、もとよりそれが目的ではない。ちょうど朝青龍がモンゴルに帰国したところであり、今回の事件と今後について横審の総意をまとめ、協会に伝えるべきだとなったのだ。

全委員が約一時間十五分にわたり、かなり激しくやりあった。複数の委員が「引退勧告に値する」と述べる一方、「そこまでしなくても」という意見もあった。ただ、現実には協会の理事会で朝青龍にはすでに処分が下されているわけだ。ひとつの事件によってすでに処分が下されている場合、後にさらに処分を上乗せすることは、法的にできないという。新たな事件をまた起こせば別である。「引退勧告」は法的な「処分」にはなるまいが、横審としては協会と理事会の決定を尊重し、現在は静観しようとなった。私自身、出処進退は自分で決めるものだと思うし、引退勧告は横綱という地位をも、朝青龍本人をも汚す。横審は踏みとどまった。

これは書かざるを得ないが、師匠が何らの教育もしていなかったことは言い逃れできない。「心技体の心を教育すること」を条件にして横綱昇進を許し、師匠も固く誓ったのである。朝青龍が問題を起こすたびに私は横審の席上でどれほど追及したか。そのたびに師匠はノラリクラリと言い逃れ、私は「まだ詭弁《きべん》を弄《ろう》する気ですか」と声を荒らげたことさえある。

高砂親方という人は非常に頭がよくて弁が立ち、そして困ったことに愛すべき人柄なのである。その愛すべき人柄が、弟子指導にはマイナスに出ていると私は思う。朝稽古を見に行っても師匠は呑気《のんき》に新聞を読み、他の師匠のように恐くない。世間では「弟子は横綱で師匠は大関。だから何も言えない」と言うが、高砂親方は番付に関係なく、ビシッときつく言うことを好まない気質なのだと思う。それが合う力士は伸びるが、朝青龍は増長した。無断帰国や不義理や狼藉《ろうぜき》の数々はもとより、交通不便な巡業地に行くのをいやがり、「ヘリコプターを用意しろ」とまでごねる朝青龍をガツンとやれない師匠だった。むろん、品格教育や規範教育をやっているとは思えない。そのため、「朝青龍は犠牲者」という識者の声もあるようだが、私は「犠牲者」とまでは考えない。

何よりも、朝青龍は仕事に対して真摯《しんし》ではなかった。なめていた。それは師匠に教わることではなく、いいトシした社会人は自分で律することだ。

朝青龍は自ら幕を引くことが、自身にとって最良の道である。中には、

「九月に謝罪会見するって言うんだからいじめるな」

という声もあろうが、問題を情緒的にレベルダウンさせてはならない。謝罪会見は本来、自ら軟禁を決めこむ前に、すべきことだったのだ。

『週刊朝日』で、朝青龍について語る細木数子さんの言葉はあたたかく、確かな説得力があ

った。だが『朝日新聞』（八月二十二日付）によると、他の力士が朝青龍に対し、

「誰も同情しないし、かばいきれない」

と吐き捨てたという。私はこの現場の声がすべてと考える。

奇蹟的なフランス料理

　ある時、下村満子さんから信じられない内容の手紙を頂いた。ご存じの通り、下村さんはボーン・上田記念国際記者賞を受賞され、『朝日ジャーナル』の編集長でもあった方だ。日本を代表するジャーナリストとして、「捏造《ねつぞう》」に手を染めることはありえない。だが、私は手紙を読んで「捏造」とは言わないが、「ウソばーっか。ウソつきはジャーナリストの始まりね」と鼻で笑ったのである。

　それはディナーの案内状で、何と書いてあったか。

「360キロカロリー、塩分2・2グラムのフランス料理フルコースをどうぞ」

　これは誰だってウソだと思うだろう。パンとコーヒーは除き、前菜、スープ、魚料理、肉料理、デザートを合わせて360キロカロリーなんてありえない。50グラムの納豆を1パック食べただけで、約100キロカロリーである。

　下村さんは現在、（財）東京顕微鏡院の特別顧問として予防医学の普及に力を注いでおられるので、低カロリー食や減塩食はフィールドであるにせよだ。

もっとも、まったく信じなかったわけではない。たとえば肉料理なら低カロリーの鶏を使い、パサパサになるまで脂を徹底的に落とす。また、魚に見せかけて実は豆腐だとか、デザートはオカラのケーキだとかだ。むろん、これでも360キロカロリーは無理だと思うし、あまりおいしくもなさそうだ。だが、会場が日本橋のロイヤルパークホテルなので、多少おいしくなくても、優雅な雰囲気でごまかすのだろうか。

当然、私は出席しなかった。その後も毎回ご案内を頂いたのだが、どうもその気になれない。低塩分、低カロリーと聞いただけで、何だか病院食のような気がしてくるのである。「体によくてまずい物」と「体に悪くておいしい物」の選択は究極だが、私はすぐ「人生は短いからサァ」と考えるので、つい「体に悪くておいしい物」に流される。

ところが、このディナー会は毎回大好評で、メチャクチャおいしくて、すぐに予約が一杯になるという噂を聞いた。こうなると食べてみたくなる。で、ついにこの夏、出席した。

テーブルにつくと、下村さんがおっしゃった。

「案内状には360キロカロリー、2・2グラムの塩分って書いてあったでしょ。でも栄養分析したら、数値がちょっと違うの」

ホラね。やっぱりウソでしょ。できっこないわよ、360キロカロリーのフレンチフルコースなんて。と思っていると、下村さんはケロッとおっしゃった。

「269キロカロリーで、塩は2グラムだって」

私は絶句した。こんな話があっていいのか。それもメニューは次の通りだ。（　）内はカロリーと塩分。
①若キャベツ昆布香味蒸し、小海老、サーモン、フヌイユ飾り（53kcal、0・6g）
②グリーンピースの果肉スープ（42・4kcal、0・3g）
③ほうれん草の絨毯《じゆうたん》敷き鱸《すずき》の薄切りレモン佳味（78・6kcal、0・4g）
④牛フィレ肉炙《あぶ》り焼き、茸《きのこ》、栗と夏キャベツ（138・4kcal、0・9g）
⑤オレンジとサマーオレンジの寒天寄せ、フルーツ飾り（46・6kcal、0g）
食べて驚いた。どれも素材に偽りなしである。牛フィレ肉はちゃんと牛フィレ肉であり、鱸はちゃんと鱸で、豆腐ではない。

その上、どれもしっかりと塩味がするのである。私は決して下村さんの回し者ではない。だから信じて頂きたいのだが、どれもこれも本当においしい。病院食だの糖尿病食だのを考えていたのに、まるで違う。前もって聞いていなければ、誰もが間違いなく高カロリーの普通のフレンチだと思うだろう。それくらいおいしい。

チーフシェフの岩月明さんは「体によくておいしい料理」を研究し続け、この低カロリーフレンチも二十年の研究実績によるものだという。そして、ロイヤルパークホテルの森道雄調理部長とのコンビで、奇蹟としか言いようのない「269キロカロリーのおいしいフレンチフルコース」を生み出した。

さらに、ひとつひとつの料理について、惜し気もなく作り方を解説されるのだから驚いた。たとえば、野菜炒めは塩胡椒をしない。そのかわり、食塩水に漬け込む。そしてよく水切りしてから炒めて胡椒を振る。これだけでしっかりと塩味がきく。

牛フィレ肉も塩胡椒をしない。肉をよく拭き、サラダオイルを薄く塗る。それから熱湯をかける。これにより肉が柔らかくなり、余分な脂が落ちるという。その後で少量の塩胡椒を振り、150度程度の温度で約20分間じっくりと網焼きする。ウェルダンに焼き上がった牛フィレは、まったくパサパサすることなく、嚙めば焦げた味がしてとてもおいしい。

岩月シェフの解説の中で、

「楽しんで工夫し、楽しんで作り、楽しんで盛りつけすると、おいしい物ができるんです。『楽しむ』という意識がないと、料理は単なるエサになってしまいます」

という一言は非常に印象的だった。269キロカロリーでこれほどおいしいという事実は、まさにそれを証明している。

でも、せっかくの低カロリーフレンチなのに、私は絶対に1500キロカロリーくらいになったと思う。あまりにおいしい料理で、ワインが進みすぎてしまったのだ。ふと隣席を見ると、下村さんも進みまくっていた。主催者までがこうなのだから、そのおいしさがおわかり頂けると思う。

若きエリートたちの今

会社勤めをしていた頃、私は色んな会社の人たちとスキーやキャンプに出かけた。またヨットやテニスや合唱などのサークルでも、たくさんの人たちと出会い、遊んだ。むろん、同じ会社の人たちともだ。

私のいた会社は一流大企業だったが、一緒に遊んだりサークルの交流というのも、そういった企業の社員が多かった。男たちはほぼ全員が一流大卒であり、そのエリート意識は時に鼻もちならないほどであった。むろん、そうでない男たちもいたが、私たちは「団塊」と呼ばれる世代である。何をするにも苛烈な競争だったし、二流や三流と言われる大学の倍率さえも半端ではなかった。そんな中で、一流大学を卒業して一流企業に勤めている彼らがエリート意識を持つのは、ごく自然なことであっただろう。そして親兄弟にとっても誇りと期待の対象であり、彼らはそれを心地よく自覚していたはずだ。

一方、女たちは何とか結婚戦争に勝たねば……と思っていた。これに関しても、そうでない女たちも多かったとは思う。だが、「女はクリスマスケーキと同じ。二十五日までが価値。女も二十五歳過ぎたら売れ残り」とされた時代であり、私が実体験した限りでは、世間の目は「一般ＯＬは結婚しないと生きている意味がない」に近く、女たちも強迫観念を持っていた。自分の人生を委《ゆだ》ねるためにはエリートの方がいい。それもまた当然の思いであろう。

あの頃から三十五年近くの歳月が流れ、私も幾人かとはずっと親しいが、ほとんどの人たちとは音信不通になっている。それがこの夏、偶然にもかつてのエリート男性の消息を耳にすることが続いたのである。そのたびに、私は衝撃を受けることが多かった。

「Ａ社のＡさんは今、社員五人の孫会社の部長だよ」

Ａさんは「超」のつくエリートだったが、それを鼻にかけることもせず、仕事もできて人望も厚いと聞いていた。どうして主流から外れたのだろう。

「上司と合わなくて、四十代前半で子会社に出されたのが発端。子会社じゃあんなエリート使いにくいもん、たらい回しにされて、社員五人の部長でサラリーマン人生終わりだよ……」

また、Ｂ社のＢさんについては、

「役員ポストを目前にして、本社の社長が代わったのよ。Ｂさんは新社長派じゃなかったから系列会社に放り出されて、今は顧問か何かよ。この間、たまたま会ったら『孫と遊ぶのが一番の楽しみ』だって。精彩なくて、昔の面影ゼロよ」

　私はさらに十人近くの消息を聞き、つくづく思い知ったのである。一流企業の社員において、どんなにエリート視されていても、本社の役員や社長になるということは、まずあり得ないのだと。二十代のあの頃、一緒に仕事をしたり一緒に遊んだりした男たちの将来は、まばゆいばかりに輝いていると私は信じこんでいた。もちろん、会社における出世ばかりが幸せとは言えない。だが、あの頃、彼らは出世を望み、確信しているように見えた。私は電話をくれたC社OGの女友達に訊いた。

「ねえ、誰か一人くらい本社の本流にいないの？」

　女友達は笑った。

「いないわ。あの頃よく遊んだ他社の人たちも、誰一人、本社にはいない。子会社や孫会社の社長ならいるわよ。確率を考えればわかるでしょ。本社の役員なんて、新卒入社期の数年間に一人出るか出ないかよ」

　たとえば、二〇〇〇年から二〇〇六年くらいに新卒で入社した全社員の中から、一人出るかどうかということだという。

　私は考えてしまった。二十代のあの頃、六十歳を間近にした自分を誰一人として予測してはいなかったはずだ。男たちは肩で風を切り、洋々たる前途を確信していたと思う。だが、そうはならなかった。

何よりも切ないのは、上司だとか派閥だとか、そういうものによって、人生が変わってしまうことである。折り合いが悪ければ外に出され、派閥の流れが変われば閑職に追いやられる。これは自分の人生を他人が握っているということだ。そう考えるとオベッカをつかう社員やあらゆる手段で点数稼ぎをする社員の気持ちもわかる。

私は『夢を叶える夢を見た』（幻冬舎文庫）の中で、一流企業を辞めてゼロから起業した男たちを追っているが、その中の一人が語っていた。

「どこの会社でも、人間が人間を評価して、それで出世したり外れたりするでしょう。そこには好き嫌いだとか理不尽なことも作用する。そんなことで他人に人生を決めてほしくないと思いましたよね、入社直後から。そうじゃないと、会社の中で出世することが人のすべての価値になりかねない。そうすると、それから外れた時に『人生終わり』になるわけですから」

私は「出世することがすべての価値」と思う人を決して悪いとは思わない。「家族こそがすべての価値」という考え方ばかりをほめ讃《たた》えるのは笑止。だが、「出世」は他人の手に委ねられているということは、若いうちからしっかりと覚悟しておくことが必要だ。そうでないと「人生終わり」のショックは大きすぎる。

定年間近の年齢になった今、春秋に富んだあの頃を思うと、高学歴も家柄も高収入も、実は儚《はかな》いものなのだと実感する。

それらはあった方がいいが、ものすごい切り札になるものでもない。私に息子がいたらそう教えるだろう。そして娘がいたら、男に「人生を委ねる」ことのあやうさを言うだろう。

そんなことさえ考える夏だった。

少年力士の暴行死

朝青龍の醜悪な事件のほとぼりもさめぬうちに、時津風部屋の時太山《ときたいざん》の死が時津風親方の暴行と兄弟子の集団リンチによる疑いが出て、親方は角界からの追放も濃厚と言われている。

朝青龍の方は「完全に治った」（『朝日新聞』九月二十九日付）そうで、初場所の全勝優勝をめざして頑張ると力強く答えた（同）というから、「うつ病の一歩手前」はチョー簡単に治るものだと実証され、同じ病気の方々には朗報だろう。

一方、時太山へのリンチ事件は、「チョー簡単に完治横綱」の醜態とは別次元の暴挙であり、犯罪である。仮に、時太山本人に問題があったとしても、「集団」のリンチは論外。誰が考えても日本相撲協会は公益法人の認可を剝奪されても致し方ない。それればかりか、相撲協会そのものの存続が断たれる危機というほどの大問題である。

何しろ、時津風親方はビールびんで殴打したことを認め、兄弟子たち数人によるリンチを認識していたことも認めている。兄弟子たちはリンチに金属バットを使ったことや、それが数十分にわたったこと、そしてリンチの指示は親方が出したとも言われている。

そして、時太山の父の正人さんが会見で、

「（遺体は）あまりにひどい状態なので、写真はお見せできない」

と語ったように、顔は腫《は》れ耳は裂けて原形をとどめず、肋骨は折れて、殴られた傷や火傷《やけど》の跡などでひどい状態だったと各紙が報道している。

ところが当初の死亡診断書は「虚血性心疾患」。親方は当然「病死」と言い、協会も信じた。が、遺体のひどさに不審感を持った遺族が行政解剖した結果、「多発性外傷性ショック」とされた。シロウトが不審に思うほどの遺体に、なぜ医師が「虚血性心疾患」の診断を下せるのか理解に苦しむ。それが直接の死因だったにせよ、なぜそれを引き起こしたのかを、遺体を見た時に考えなかったのか。国民は「チョー簡単に完治横綱」の診断書にも疑問を持ったわけであり、角界は抜本的に医療機関の見直しをするべきだ。

加えて遺族に「骨にしてから帰す」と言った親方は、リンチの隠蔽《いんぺい》工作をしたと思われて当然。さらに、親方もおかみさんも遺体につき添わず、葬儀業者が運んだというに至っては言語道断。正人さんは、

「まるで犬や猫みたいだと思った」（『朝日新聞』九月二十六日付）

と語るが、心中を察すると怒りがこみあげてくる。

今回は「チョー簡単に完治横綱」の事件と違い、私は協会は直ちに理事長会見や協会独自の調査をするものだと思っていた。そして、警察や協会の調査結果を待たず、直ちに時津風親方は謝罪会見し、自ら辞職を告げるものと思いこんでいた。しかし、そのようなことは一切せず、業を煮やした文部科学省が行政指導に乗り出した。その後、やっと独自調査と時津風親方の処分に動き出した。

今回の事件がどれほど大きなものか、大相撲の存続を根底から揺るがすものか、協会はまったく危機感を持っていなかったという証拠だ。

もしもテレビ局で、若いスタッフが集団リンチに遭ったとする。それが局長の指示によるもので、先輩スタッフ数人が数十分にわたって暴行し、死なせたらどうなるか。まず直ちに社長と局長の謝罪会見、辞任、そして第三者による調査委員会が組織され、検証番組で国民に謝罪するだろう。幾人かのテレビマンは私に、

「スポンサーと国民の信頼を失い、局がつぶれる可能性もある」

と異口同音に語っている。

よしんば協会がつぶれなかったとしても、大相撲の根幹を成す「部屋制度」の全廃を言われても致し方ない事態だ。部屋制度がなくなったら、大相撲はまったく新しいスポーツに生まれ変わらざるを得ない。その危機感と覚悟をなぜ持てないのか。

正人さんは会見で、

「兄弟子がやったとしても親方は止める立場だと思っていたのに……」

ということを語っておられたが、相撲部屋というのは親方とおかみさんが「両親がわり」となって、寝食を共にする。新弟子を連れてくる時は、実の両親に「両親がわり」を誓う。昨今ではおかみさん気質も変わり、「力士の妻になったのであり、おかみさんになったわけではない」と言うケースもあると聞くが、そんな部屋にどこの親が大切な息子を預けるというのか。今回、遺体を帰す際にしても、百歩譲って親方がどうしてもついていけない事情があるなら、なぜおかみさんがつき添わなかったのか。

部屋制度は、両親がわりの親方夫妻の存在によって維持されているところも大きい。夫妻が無責任だと、若くて血気盛んな少年たちの行動に歯止めがきかなくなることもあろうし、今回のようなリンチ事件も出て来よう。さらには厳しい上下関係によって成立する制度であるだけに、親方の指示に逆らえず、何だってやってしまう場合もあろう。「チョー簡単に完治横綱」の場合は、上下関係を無視し、親方をなめ、好き放題に下品なことをやったわけであり、これも親方夫妻が御《ぎょ》せなかったという意味では、部屋制度の破綻である。

私は以前に、大相撲は異界に誘《いざな》われるときめきがあるのだから、座布団くらい投げさせよと書いた。部屋制度、番付による多くの格差、女人禁制、茶屋制度、厳しい上下関係、そしてチョン髷や和服に至るまで、角界は現代社会とは違う。異界である。であればこそ、角界は「国技」の名のもと多くの恩恵を得てきた。それをまっとうに維持し、伝えられないなら、公益法人の認可を返上するしかない。

あんな少女がいた頃

ここずっと、気になっているテレビＣＭがある。小学校五年生か六年生かという少女が出て来て、歌う。

♪海の野菜　海の野菜
　こんぶをおいしくお食べなさい

背景には、家族らしき人たちが食事をしている姿がぼんやりと映っているが、少女は無頓着に、

♪こんぶをおいしくお食べなさい

と歌う。

そのうちに、私はふと気づくと地下鉄のホームで口ずさんでいたり、掃除をしながら歌っていたり、すっかり伝染《うつ》ってしまった。

このＣＭがなぜ気になるのかというと、私自身が小学校五年生か六年生かの頃の匂いがす

るのである。昭和三十三年か三十四年かという頃の匂い。漫画『三丁目の夕日』の頃の匂い。

まず、歌う少女がまったく今っぽくない。とても可愛い子なのだが、今風のつけまつげバサバサの茶髪の少女ではない。黒い髪をなでつけてカチューシャで留め、言うなれば「学級委員長の美少女」である。あの頃、ああいうタイプの美少女で勉強のできる子は、憧れの対象として必ず各クラスにいた。CMで少女が着ている服も、今風の洗練されたものではなく、それを「きちんと」着ている。

さらにあの頃の匂いをさせているのは歌詞だ。「お食べなさい」と言う若い子は、今では皆無だろう。

ところが、このCMは意識してあの頃の匂いを演出しているようには思えない。意識して演出すると、そこには「再現」によるオシャレ感というか現代感がどうしてもにじむが、このCMは意識せずに作ったら、結果としてそういう匂いがしてしまった感じで、妙にナチュラルな昭和が匂う。

人気芸能人による華やかなCMや、洗練された美しいCMや、絶叫型のCMの数々がある中で、突然「学級委員長の美少女」が出てきて、今風ではない服を「きちんと」着て、

♪海の野菜　海の野菜
こんぶをおいしくお食べなさい

と歌うのだから、かなり唐突に面白い。

ところが、私はこれが何のCMだったか全然思い出せず、気になってたまらない。というと秘書のコダマに電話をかけ、電話口で歌って言った。

「このCM、何のCMだったかわかる？」

すると、フジッコの「ふじっ子煮」だという。なるほどと思い、

「そうか。昭和のあの頃はゴハンにこんぶの佃煮とかのっけて食べてたものね。となると、昭和の匂いは意識して作ったのかなァ」

と言うと、コダマは、

「CMではマヨネーズにこんぶ煮を混ぜて、ブロッコリーにかけてましたよ」

と言う。あら、ずい分と今っぽいわね。やっぱり昭和を意識して作っちゃいないわね。それにしても、私は少女ばかりを見て、ブロッコリーさえ覚えていなかった。

あの「学級委員長の美少女」を見ていると、昭和三十三年あたりからの約五十年間に、日本の教育のタガが大きく外れたと実感させられる。そして、ひとつ外れると感覚がマヒし、次から次へと外れても平気になるということもだ。

タガが外れた一因は、子供にとって「恐い人」がいなくなったことがあろう。これは大きい。

タガが外れるまでの間、少なくとも大人は恐い存在だった。子供にガツンと「規範」を教えた。挨拶から非行まで、「やるべきこと」と「やってはならぬこと」を厳しく教え、子供たちはそれを守ろうとした。昨今、犯罪の加害者をコメントする時、近所の方々が必ずといっていいほど、

「きちんと挨拶のできる人でしたのに……」

と言う。本来、挨拶は当然するものであるのに、それがコメントとして成立するほどタガが外れてしまっているわけだ。

CMの少女を見ていると親に規範教育をされていた時代を感じてしまう。その意味からも、あのCMは現代を映してはいない。だが、ダサめの服をきちんと着た学級委員長の美少女が「いただきます」と挨拶して、家族そろってちゃぶ台を囲み、白いごはんにこんぶをのせて食べた時代——そのよさを彷彿《ほうふつ》させるという意味では、こんぶのCMとしては大成功だろう(もっともブロッコリーらしいが)。

改めて思う。大人はもっと恐さを持ってもいい。きちんと教えると、必ず子供はわかる。教えないのが一番悪い。

大相撲秋場所のある日、砂かぶりの座布団席で、私のひとつ後ろに十代後半らしき女の子が座っていた。その子は前方の空席に、ジーンズの両脚をだらしなく大開きにして伸ばし、

行儀の悪いことこの上ない。周囲の客もチラチラと不快気に見ていたが何も言わない。とうとう私が言った。

「横座りでいいから膝を折って座りなさい」

彼女はあわてて脚を引っこめ、遅れてきた女友達に、

「ちゃんと座んな」

とそっと教えるのである。

彼女たちが、叱られた思いを引きずって相撲を見るのはまずいので、私は土俵のしつらえを解説したりして、かえって気疲れしてしまったが、帰りに二人は、

「ありがとうございました。さようなら」

と嬉しそうに挨拶して行った。

私たち大人は、白いごはんにこんぶをのっけて食べていた時代の規範を、もう少し教える必要があるとつくづく思う。

ところで、CMの「お食べなさい」という歌詞は、最近になって「召しあがれ」に変更された。中途半端でつまらなくなった。

海軍の料理レシピ

面白い本がある。

『復刻　海軍割烹術参考書』(イプシロン出版企画)

という。

早い話が、海軍の「料理レシピ」である。厳密には、明治四十一年に舞鶴海兵団が発行した大日本帝国海軍版の料理参考書だ。それを東京家政学院大の前田雅之教授が現代語訳の監修をされ、実際に作ってみた料理を猪本典子さんの写真で紹介している。

この参考書は、当時、海軍へ入隊したばかりの五等主厨のために「調理の基礎」として編《へん》纂《さん》されたそうで、最初に「命令」と書かれたページがあり、

「五等主厨は本書に依り、
割烹術を修得すべし」

と明記されているのだから、やはり軍隊だ。

私も「命令」に従って読んでみて驚いた。海軍って何とおしゃれでハイカラだったんだろう。明治四十一年といったら一九〇八年である。そんな時代に、「タンシチュー」から「ジャムタルト」に至るまで、百年後の現在と何ら変わらないメニューである。「ナツメグ」とか「キャラウェイ」「タイム」などのハーブ名も当たり前に出てくるから驚く。

さらにはナプキンの折り方やシャンパングラスやリキュールグラスなど個々の図、洋食器の解説や使い方にも詳しい。明治以降、日本は積極的に西洋文化を取り入れたわけだが、帝国海軍も洋食を推進した様子がうかがえる。むろん、「五目飯の炊き方」や「煮魚の調理法」など和食メニューも充実している。

私は当時のレシピに沿って、カレーライスを作ってみようと思い立った。海軍といえばカレーである。何しろ、横須賀では「海軍カレー」というレトルト食品が大ヒットしている。レシピを読んでみて、再び驚いた。現代の私たちが目にするレシピは、手取り足取りというように詳しいが、海軍はそうではない。新入りの五等主厨たちは「命令」とはいえ、これできちんと修得したのだと思うと、過剰に手取り足取りの現代に、疑問さえ感じる。料理レシピに限らず、私たちは、少しでもわかりにくいと、「不親切」だの「説明不足」だのと文句をつける。結果、どんどんヤワになる。

海軍のレシピを原文のままご紹介しよう。驚くなかれ、分量が一切記載されていないのだ。

それは、主厨の裁量に任され、かつ、レシピに示されない隠し味や食材もすべて彼らが工夫したのだという。

〈カレイライス〉

材料　牛肉（鶏肉）、人参、玉葱、馬鈴薯、塩、カレー粉、小麦粉、米

まず、米を洗っておき、牛肉（鶏肉）、玉葱、人参、馬鈴薯を四角に、あたかも賽の目のように細かく切り、別に「フライパン」に「ヘット」を布き、小麦粉を入れてきつね色になる位煎り、「カレー粉」を入れ、「スープ」で薄いとろろのように溶かし、これにさっき切っておいた肉、野菜を少し煎って入れ（馬鈴薯は人参、玉葱がほとんど煮えたときに入れること）、弱火に掛けて煮込んでおく。さっきの米を「スープ」で炊き、これを皿に盛り、さっき煮込んだものに塩で味を付け、飯に掛けて食卓に出す。このとき、漬物類、すなわち「チャツネ」を付けて出すものとする。

当時の調理員は、この「不親切」なレシピで作ったのだ。それも新入隊員といえば、きっと十代だろう。十代の少年たちは、なかなか教えてくれない先輩の調理を見て、味を盗み、このレシピに工夫を重ね、おいしく作ることの努力を惜しまなかったという。

私は「米をスープで炊く」という部分は、アッ!!　と思った。これまでカレーライスのご

はんは普通に水で炊いていたが、スープで炊く手があったかと気づかされた。このスープは「クレヤスープ」としてレシピが出ているのだが、私たちがよく使う「透きとおったスープ《クリアスープ》」のことだ。水に肉や野菜、ローリエなどを入れ、煮込んで作る。あのスープでごはんを炊くと、確かにカレーによく合いそうだ。

和食のレシピもご紹介しよう。洋食はまだしも「材料」が書かれていたが、和食はそれさえない。

〈鹿角菜《ひじき》の「煮しめ」の仕方〉

鹿角菜を水に漬けて僅かの間、湯で煮て、ザルに揚げ、水を掛けて洗い、よく水気を切っておき、別に細かく切った油揚げおよび鰹節を入れて、醬油、砂糖で味を付け、さっきの鹿角菜を入れ、適宜に煮しめるものとする。

時間の記載もなく、「僅かの間」とか「適宜」というのがすごい。お菓子のレシピもすごい。当時の日本人の日常生活には無縁の洋菓子を、この説明で作れたものだ。

〈カップカスタード〉

材料　鶏卵、生牛乳、「コーンフラワー」、砂糖、「レモン油」

まず鶏卵、生牛乳、「コーンフラワー」、砂糖で「クリーム」を作り、「レモン油」少しを入れておき、つぎに卵の白身に砂糖少しを入れて充分泡を立て、さっきの「クリーム」を「コップ」に盛り、その上に白身の泡立てたものを載せて食卓に出すものである。

各艦では主厨が腕を競い、どこの船の飯がうまいかなどがいつも話題になっていたという。考えてみれば、レシピというものは、この程度がベストなのかもしれない。料理の骨格だけを説明し、あとは作り手の工夫しだいということだ。海軍の若い隊員はそうやって腕を上げていったことを思うと、やはり現代人は親切過剰に甘んじすぎている。

「出羽守」の人たち

先日、古くからの友達数人と麻布で食事をした。その時、共通の友人A男はどうしてるだろう、という話になった。

A男は見ためもいいし、話題は豊富だし、仕事はできるし、上司からも部下からも信望が厚く、ナカナカの男だった。

B男がつぶやく。

「あいつ、五十代の男としては完璧だよな」

A子がピシャリと言う。

「巨大な欠点を除けばね」

みんなが苦笑した。「巨大な欠点」には、誰もが閉口させられたからだ。

それは、A男がどんな話題でも必ず、

「アメリカではね」

と言うことである。とにかく何かというと、

「ニューヨークではね」

「アメリカの法律ではね」

等々で、これにはうんざりさせられた。

彼は仕事の関係で、アメリカ暮らしが二十五年近いというから、そう言いたくなる気持ちもわかる。だが、食べ物から政治まで、

「アメリカではね」

とくるのだから、閉口した。

私は食事をしながら、みんなに言った。

「すぐに『……では、……では』って言う人のことを、『出羽守《でわのかみ》』って呼ぶんだって」

みんなは「ホー！」と感嘆の声をあげたが、私がこの名を教わったのは、ある会議の席上である。官公庁が民間から人材を登用すると多くの場合は非常に活性化をもたらすそうだ。

だが、とかく、彼らは、

「民間ではね」

「私が勤務していた企業ではね」

と口にしがちで、それが嫌われる場合もあるという。会議でその話が出た時、一人が言っ

たのだ。

「ああ、出羽守ね。どこの社会にもいるんですよね」

「……ではね、……ではね」と言い続けるから「出羽守」か。何とうまい言葉だろう。

「出羽守」に閉口するのは、「上位にある」と思われがちな対象と比較するからである。今の日本では外国崇拝は薄いが、それでも、

「アメリカではね」

と口にされると、ふと日本のちっぽけぶりを思ったりするわけだ。他にも、たとえば一流私立の小学校に子供を通わせる親が、

「うちの娘が通っている××学院ではね」

と言い続ければ、それ以下と思われている小学校に通う子を持つ親は不快だろう。一般的に、下位とされる対象を持ち出す「出羽守」はいない。自分が上位に身を置き、その目線で下位を見て、「出羽守」をやるから不快なのである。

私が三菱重工に勤めていた時、中途入社してきた男子社員がいた。私は二十三歳かそこらで、彼も二十代後半だった。その彼は一流大学を卒業した後、△△という一流企業に入社した。しかし、昔からの夢が捨て切れず、△△を退社して、夢に向かって打ち込んだ。そして、何年か頑張ったものの、夢は叶わない。ついに見切りをつけ、三菱重工の中途採用試験を受

け、入社してきた。

とても優秀で魅力的な人だったが、いかんせん「出羽守」なのである。どんな時でもすぐに、

「△△ではね」

とやる。ハッキリ言って三菱重工は世界的な一流企業である。一方、△△という会社も別ジャンルの世界的一流企業だが、三菱重工と違って現場を持たない。言うなれば、都心のオフィスで洗練されたホワイトカラーが働く企業だ。誰もが、スマートなエリート集団というイメージを持つ会社であった。三菱重工も丸の内本社はそうだったが、私や彼のいた横浜造船所は「工場」である。洗練されたスマートさはない。が、彼は、

「△△ではね」

と言い続け、ついに私はキレた。二十三歳の小娘が彼に切った啖呵《たんか》を、今もよく覚えている。

「そんなに△△がよけりゃ、重工辞めて△△に戻んなさいよッ。大体、夢破れて重工に拾ってもらったくせして、グジュグジュとみっともないってのよ。腹くくって重工のために働くか、トットと辞めるかよ。△△では……って言うの、最低よ。耳が腐るッ」

私はあの頃から確かに鼻っ柱が強かったが、この「出羽守」にはよほど腹に据えかねてい

たのだろう。

やがて私が退職する時、その彼に挨拶に行くと、言われた。

「あなたに怒られたこと、今もよく覚えてるよ。僕も若くて、夢への思いもまだ引きずっていて、やる方なかったんだろうね。だけど、あれ以来、僕は絶対に言ってないよ」

そして、優しい目でつけ加えた。

「ジャジャ馬、がんばれよ。体に気をつけて、ずっとジャジャ馬でいろよな」

私は不覚にも泣きそうになった。彼が覚えていてくれたことと、外の世界に出たなら、もうこんなに温かい目で見てくれる人とは会えまいという確信が、涙腺をゆるませていた。

私は麻布で食事をしながら、一人で思っていた。もしかしたら、「出羽守」たちは、むろんすべてではないが、現在の生活に「やる方ない」という思いを抱えているのかもしれない。「……では」と口にすることだけが、その人の拠《よ》りどころなのかもしれない。アメリカや、娘の一流小学校や、それらを語る時だけが生き生きできる。今にしてそう思い、若き日のあの啖呵はひどかったと思う。

麻布で上海ガニにかぶりつきながらC男が言うには、A男は数年前にアメリカに移り住み、会社を起こしたはずだという。

「それっきり、消息がわかんないんだけどね」

C子がつぶやいた。

「そう……。きっと向こうで『日本ではね』って言ってるわよ」

テレビの力

ある時、国会議員を含む数人で話している時、議員の一人が言った。

「僕には全国的な知名度なんて全然ありませんから。そりゃあA先生はテレビで顔を売りましたよ。僕にはテレビ出演の話もありませんが、A先生はテレビによく出てますからねえ」

これより七、八年前には全国的な知名度を持つベテラン国会議員と対談した。その際、その議員は品格のある政治家の名前を幾人かあげ、苦難の道を歩いてきたことについて、次のように語っている。

「だけど、(彼らの)そういう道のりがドラマとかシネマというものの中で的確に描かれていないから、評価も上がってこない」

この言葉には私もあきれ、

「政治家の品格というものは、ドラマやシネマでPRするものではなく、政治の場で見せるものです」

と言ってしまったが、かくもテレビの力は大きいということである。

それを改めて感じたのがプロボクシングの亀田家問題だ。亀田三兄弟とトレーナーの父親をスターに仕立て上げたのはTBSだということは、かなり前から言われてきた。現実に試合はTBSの独占中継で、大変な高視聴率をはじき出してきた。

私は亀田家にもTBSにも好意的な目を向けていた。よく練習し、父親を敬い、どこか憎めない三兄弟。父親は男手ひとつで息子たちを育て、一流のボクサーにしようと奮闘する。かなりマンガめいた練習法も、父と息子の言動も破天荒で面白い。TBSはそこにビジネスになるものを見たはずであり、食指を動かしたのは当然だろう。

が、好意的な私も少しずつ「何かヘンだな……」と思い始めるようになった。それが決定的になったのは長男の興毅選手が世界戦に臨み、ランダエタ選手に判定勝ちした時である。興毅選手が腰に巻いたチャンピオンベルトと同じ物がすでに用意されており、父親に授与されたのだ。トレーナーにも同じチャンピオンベルトが授与されたのは前代未聞だろう。

これではTBSが仕立てた「泣きのドラマ」ではないかと思われても致し方あるまい。つまり、興毅選手が勝った場合を想定し、前もって父親用のベルトを作っておく。首尾よく勝ったら手渡し、親子鷹は共にベルトを巻いてこれまでの努力を讃え合う。見ている方も泣けるだろうという仕立てである。だが、現実にはボクシングファンは間違いなくしらけたはずだ。

それと同じことは、今回の内藤選手と大毅選手の試合にも感じた。勝利した内藤選手に手渡されたトロフィーのひとつが、黄金のグローブ型だったのである。それは大毅選手がつけていた黄金のグローブとそっくりであり、私はテレビで見ながら非常に違和感を持った。これもうがった見方をすれば、最年少で世界チャンプになった大毅選手が、黄金のグローブをつけた手で同じ形のトロフィーを持つという「歓喜のドラマ」を想定したのか？　となる。

ただ、プロボクシングはリング上ではガチンコであり、常にテレビ局の想定に沿えるわけではない。だが、少なくともＴＢＳの「スター創り」は、ボクシング界の「生態系」のようなものを壊した。これまでのボクシング界のルールや規範を破壊した。

それを許した側にも問題はあるが、たとえば興毅選手を格下の外国人選手とばかり戦わせてきた。こうして勝ち星を重ね、すんなりと世界戦をやらせるということもそうだ。また、大毅選手は挑戦時はＷＢＣの十四位。ＷＢＡでは十五位内に入っていない。それが世界のリングに上がるのは稀有な例だろう。

ボクサーにとって世界戦のチャンスはなかなか来ない。実力も経験も十二分にある選手でも、「世界戦前哨戦」と称する消化試合を何戦もこなし、必死にモチベーションを保つのが従来の「生態」だった。なのに、すぐに世界戦ができるとなれば、これもテレビ局の力かと怒りを覚えよう。

また、リング上での弾き語りや、チャンピオンに対する度の過ぎた非礼、ハンバーガーを食べながら会見場に現れたりのパフォーマンス等々、兄弟の言動は従来の規範を大きく外れていた。さらに大毅選手は、試合後に内藤選手と挨拶さえかわさぬままリングを降りている。これも従来はまず見られないシーンだ。

とはいえ、内藤選手が期せずしてスターになったのもテレビの力だ。テレビが作ったスターの大毅選手により、内藤選手の人間性が脚光を浴びたのもまた事実である。現在、日本には六人の世界チャンピオンがいるが、知名度は低い。皮肉なことに今回の事件が繰り返しテレビ放送され、内藤選手を全国区にした。

私は一年後、大毅選手が過剰にいい子にならずに復帰してほしいと願っている。反則や非礼は論外だ。だが、世間は亀田親子の反社会性や品格無視の姿勢に溜飲《りゅういん》を下げていたことも事実なのだ。そのキャラクターは、おそらくTBSが作り与えたものではなく、親子独自のものだろう。としたら、テレビ局との関係を熟考し、しっかりとボクシングの力を養い、まっとうな反社会性をひっさげて再登場してほしい。私は興毅はいいベビーフェイスに、大毅はいいヒールになるはずだと楽しみなのである。

ところで、TBSはモンゴルの朝青龍を収録したという。謹慎中に不届き千万の行為だが、朝青龍の親方で、相撲協会の高砂広報部長がそれを許可したというのだから、お話にならない。そして何よりも私はここにもテレビ局の力と傲慢さを感じる。

なるほど

私は以前から、

「なるほど」

という相槌《あいづち》が気になってならなかった。テレビなどでスポーツの実況中継を聞いていても、解説者の言葉に対して、

「なるほど」

と言うアナウンサーはとても多い。また、雑誌などの対談を読んでいても、

「なるほど」

と言う人は多い。

もっとも対談の場合は、実際にはそう言っていないのに、まとめる編集者やライターが、「なるほど」としてしまうこともある。というのも、私は、「なるほど」と言うことを恥じているので、まず言わない。なのにまとめられた原稿では、「なるほど」と何度も言っていた

りする。これはつまり、まとめる側にとっても、「なるほど」はとても都合のいい言葉なのだ。相手が何か言った時の相槌として、非常に使い勝手がいいから多用される。相手がどんなことを言おうと、怒ろうと、熱っぽく語ろうと、「なるほど」は全部に適応する。これほど便利な相槌はそうそうない。

新選国語辞典（小学館）によると、

「同意、納得の気持ちを表す。たしかに。いかにも」

という意味が書かれているが、「同意、納得」と言っても、「なるほど」からは非常に積極的なそれは感じられない。むしろ、「ほう、そういうご意見ですか。拝聴致しました」という程度で、別に毒にも薬にもならず、事務的な「音声」に近いものがある。

逆に言えば、積極性がないから、どんな時にも簡単に使えるのだろう。つまり、相手を否定していないので失礼にはならず、積極的に自分の意思を口にしているわけでもないので言質《げんち》をとられにくい。責任も問われにくい。

そうなると、自分の苦手な分野などでは、特に「なるほど」は力を発揮する。「なるほど」とさえ言っておけば、失礼にもならず積極的に自分を出す必要もなく、苦手な分野だということもバレず、うまくおさまるからだ。たとえば、

「インド洋での海自の給油活動継続についてですけど、延長すべきとする人が四十六・四％

で前回より三・二ポイント低下して、延長すべきでないは三・四ポイント上昇して四十二・九%。これは世論がほぼ二分されてるということなんですよッ！」

「なるほど」

これでちゃんと終結できる。また、

「大リーグのワールドシリーズ第三戦での松坂大輔は、二失点ですけど三安打ですからね。僕は立派に責任を果たしたと思いますよ」

「なるほど」

チャンチャン！　である。

「秋田の連続児童殺害事件の畠山鈴香被告ですが、男が訪ねてくると幼い娘を吹雪の中に追い出したそうです。これは明らかに幼児虐待であり、弁明の余地はない。そう思いませんか」

「なるほど」

どんな話にもみごとにマッチする。が、すべてに合うという言葉は、そこに魅力も個性も思いもないわけであり、私はかえって失礼な言葉だと考えている。

むろん、相手の言うことに対し、「なるほどねえ。言われてみると納得できるなァ」という積極的な「意見」としての感嘆ならわかる。しかし、言葉で仕事をしているアナウンサーや、言葉で思いを伝えあう対談などでは事務的な音声としての「なるほど」を使うことを恥じるべきではないか。

つい先日、ボクシングの亀田興毅選手が謝罪会見をした。それが終了した後のニュース番組で、女性キャスターが協栄ジムの金平桂一郎会長にインタビューしていたが、これはひどかった。短いインタビューだというのに、「なるほど」だらけなのである。何ひとつ突っ込めないということは、おそらく、この女性キャスターはボクシングをまったく知らない。質問はどなたかスタッフが作ったのだと思うが、なかなか鋭い。それを口にする女性キャスターに、金平会長が答える。そのたびに女性キャスターは、

「なるほど」

と言って、次の質問に行く。そしてまた、

「なるほど」

で次に行く。

いくらキャスターでも政治経済からスポーツ、芸能まですべてを知ることは無理であり、知らなくとも致し方ない。だが、あの「なるほど。ハイ、次。なるほど。ハイ、次」はひどすぎた。金平会長がよく怒らなかったと思うほど事務的でまったく心が感じられない「なるほど」の連発。知らないならスポーツキャスターに代わってもらうとか、せめて「なるほ

ど」を多用しない程度に勉強してから臨むとかは、金平会長に対しても視聴者に対しても、キャスターとして最低限の礼儀だと思う。

相槌というものは難しい。プライベートで友達と話している時でも、「もう少しちゃんと返せないのかしら」と思うこともあるし、私自身もそう思われているだろう。いい加減な相槌だと、結局、相手はそれ以上話さなくなるのがわかる。

よく「聴き上手」と言うが、それは真剣に相手の話を聴くというだけではなく、その話に対して真剣な受け方をするということではないか。

たとえばバーなどで、ホステスさんがオーバーなほどうなずいて聴きながら、目は店内をキョロキョロし、若いホステスに小声で、

「ウーさんのおしぼり替えてあげて」

と指示したり、新しい客が入ってくるなり、

「あらァ、スーさんお久しぶりィ！」

と飛んで行ったりは、事務的な「なるほど」と同じで、決して「聴き上手」とは言えまい。

これも騒音　あれも騒音

いずれも今から十年以上も前のことなので記憶だけで書くが、まずはスズムシの話だ。

私の女友達が縁日でスズムシを買った。彼女はマンションの一階に住んでおり、小さな庭がついていた。その片隅にスズムシの虫籠を置いたという。

「毎晩、リーンリーンってふるえるようによく鳴くの。しみじみと秋だなァと思って、いいものだったわ」

と言っていたのだが、ご近所から苦情が来た。

「虫の音がやかましい。騒音だ。何とかしてくれ」

大あわてで虫籠を室内に入れたそうだが、虫はほどなく死んだ。彼女は、

「今は虫も外じゃ鳴けない時代なのね」

とぼやいた。

次は風鈴の話だ。私の女友達は江戸風鈴を室内に吊るしていた。窓からの風を受けてチリ

ンチリンと鳴り、その音で夏を感じ、涼を感じていたという。ところが、ご近所からご婦人がやってきて言ったそうな。

「風鈴がうるさくて迷惑しています。うちには病人がおりますし、××さん宅には受験生がいらっしゃるし、みんなお宅の騒音には困っています。風鈴を吊るすのは結構ですが、騒音がもれないように、窓を閉め切って下さい」

彼女は平謝りに謝り、窓を閉めた。そして、私にぼやいた。

「風が入らないから、鳴らないわよ。ただ部屋の中に吊るされてるだけよ」

次は下駄の話だ。これも女友達の話なのだが、彼女がいつも履いている下駄の音にクレームがついた。カランコロンと鳴る下駄の「騒音」をどうにかしてくれと、ご近所がねじ込んで来たそうだ。彼女は、

「下駄の歯にゴムでも貼って、ラバーソールにするしかないわねえ」

とぼやいたことを記憶しているが、あれを機に彼女は日常的に浴衣を着ることをやめたはずだ。

この十月一日、東京地裁八王子支部は、子供の遊ぶ声を「騒音」と認定した。その新聞記事を読みながら、私は女友達三人の「騒音」を思い出したわけである。

この八王子の一件は、西東京市の「西東京いこいの森公園」の近くに住む六十代の婦人が、

公園内にある噴水で遊ぶ子供の声がうるさいということで、噴水の使用差し止めの仮処分を地裁に申し立てていた。

　これに対し、西東京市では「子供の遊び声は騒音ではない」と主張。しかし、地裁はそれを退け、子供の声を「騒音」と認定し、直ちに噴水を止めさせた。十月二日からは水が噴き上がらないため、もう子供が歓声をあげて「騒音」を発することはなくなった。

　新聞や週刊誌などの報道によると、地裁のこの認定に対し、圧倒的多数の市民たちが不満を述べているという。「子供が可哀想だ」ということだろう。一方、地裁に訴えた婦人はもともと不整脈や不眠症の持病があり、子供の歓声が負担だったらしい。

　これは難しい問題だ。下駄であっても風鈴であっても、気になる人にはものすごく気になるのだと思う。

　ずっと以前に私が住んでいたマンションは、新築でガッチリした造りに見えた。ところが入居してみると、上階の音が響く。それが困ったことに、どうも食堂テーブルの椅子を引く時に出る音らしい。椅子を引いて座るのは日常生活の動きであり、注意しにくいので困った。厚い絨毯《じゅうたん》を敷いてくれればいいのだが、それも言いにくい。上階には幼い子供もいたのだが、その子たちの足音とか騒ぐ声は一切響かず、なぜか椅子を引く音だけが響くので、ますます言いにくい。

私は放っておいたが、一日中、「ギーッ」とも「ガガーッ」ともつかぬ音が聞こえ続け、慣れるまでに相当な時間を要した。あの時のことを考えると、不整脈や不眠症に悩む婦人にとっては、子供の歓声も耐え難いのだろうとは思う。

そんな中で、十月に仙台で見たテレビニュースがとても印象的だった。ローカルニュースだったかもしれないので、ご覧になっていない方も多いかと思うが、福島の「落ち葉プール」の話題だ。プールのような大きな器を作り、そこに水ではなく落ち葉をいっぱい入れる。子供たちは飛びこんだり、もぐったり、泳ごうとしたりの大騒ぎ。紅葉した落ち葉を体中にくっつけて、歓声をあげてじゃれあう表情は、画面を見ているだけでこちらも嬉しくなるほどだった。

きっと西東京市の子供たちも同じような表情で噴水に歓声をあげ、はしゃいでいたのだろう。西東京市の市民の多くが、地裁の決定に不満を持つのは、お上《かみ》が子供からそういう楽しみを奪ってしまうことへの憤りと、訴えた婦人に対して「噴水のそばで深夜まで騒ぐわけじゃなし、遊び声くらい我慢してもいいでしょ」ということだろう。

私もそれは思う。市民も私も不整脈や不眠症に悩んでいないから言えると反論もあろうし、公園の場所や形態を考えない行政が悪いという声もあるようだ。しかし、私が今回の一件に殺伐としたものを感じるのは、お上が「子供の遊び声は騒音」と認定したことに加え、子供の声までを裁判に訴える人が出てきたのかということだ。自分の暮らしや健康を守るのは当然だが、「社会」で生きている以上、自分だけが守られればいいというわけにはいくまい。それを裁判にかけて力でねじ伏せる。何と殺伐とした精神であり、世の中だろう。

スズムシも下駄も風鈴も、隣人が怒鳴り込んで来ただけ温かい時代だったのかもしれない。

メダルをかじる選手たち

『秋田魁新報』（十一月六日付）に、興味深いコラムがあった。東大大学院の武藤芳照教授の「金メダルかじる演出」という文章である。その一部をご紹介する。

◎

「五輪や世界選手権などの大きな国際競技会の優勝者が、表彰式後に報道陣のカメラの前で、授与されたばかりの金メダルをかじる行為が続いている。いつごろ、誰が最初に始めたのか記憶にないほど、定番的な勝者の喜びの表現とされているように思える。

『食べちゃいたいくらいにかわいいー』という愛情表現があるが、最初にこの行為をした金メダリストは、恐らくごく自然な感情の発露としてのふるまいだったのだろう。それが『絵になる』と踏んだ一部の報道関係者が選手たちに要求し、選手自身の自然な喜びの気持ちの表れという行為から、次第に演出された喜びのしぐさというレベルに変化していったようだ」

私も「メダルをかじる」というシーンを見るたびに、何だかわけもなく「イヤーな感じ」を覚えていたのだが、この文章を読んで「そうか。要求されてやるから見ていて気持ち悪いのか」と気づいた。

◎

私がもうひとつ不気味なのは、優勝した選手がトロフィーやカップにキスするシーンである。若くてきれいな女子プロゴルファーなんかがそれをやるのは好評なのだと思うが、私は「いくら若くてきれいでも、やっぱり何か気色悪いのよねえ。何でだろう」と思っていた。しかし、これも要求に応じてやるせいかと気づかされた。

トロフィーなどにキスする選手たちは、たいていポーズを決めている。目はつぶるべきか否か、唇はどのくらい突き出したらきれいか、アゴはどのくらい上向きにすべきか等々を考えているように見える。むろん、それは無意識であるにせよだ。そしてカメラの放列の中、すべてのシャッター音がおさまるまでの間、ずっとキスのポーズをとっているわけであるから、「ごく自然な感情の発露」ではない。優勝して嬉しさのあまり、思わずガリッとかじったとかキスしてしまったとかの姿からは遠い。

確かに、メダルをかじることなど、要求されてやってくれたシーンでは感動は伝わりにくい。特にスポーツの場合、表彰台の上であっても「演出」や「演技」はなじまないのではないか。ファンは涙や雄叫びに至るまで、「ごく自然な感情の発露」を見たいのである。それなら選手は要求に応じなければいいのだが、何を言われても、何を聞かれても、

「別に」

「特にありません」

と突っぱねていては、女王キャラのタレントと同じだと叩かれるだろうし、本当に難しい。ましてて、メダルかじりやキスは優勝した直後に要求されるわけだ。選手にしてみれば喜びと感動でパニックになっている最中であろう。「もう要求されるままに何でもかじります、何にでもキスします」というハイテンションになってもいよう。その時に、

「かじりたくないです」

「キスはしません」

と言い切るのは、自分自身の喜びにも水を差す気もしようし、なかなかできることではあるまい。

武藤教授はスポーツにおける報道には両刃《もろは》の剣がひそんでいることを案じている。うまく報道されれば、選手も育つし、ファンも増えるし、社会にスポーツの素晴らしさも伝えられる。しかし、たとえばテレビ局などが局の利得を優先させて演出過剰になると、選手をダメにし、ファンを失い、スポーツの地位を失墜させると書く。そして、次のように結んでいる。

「世界陸上（大阪）で有力選手を侍《サムライ》姿にして宣伝したり、バレーボールの試合でアイドルグループによる一方的かつ過剰な応援を繰り返したりするのも、そうした危険性を有している。先日のボクシング亀田一家の騒動も、テレビ局の価値観を背景にしてヒール（悪役）を偽装的に演出させたが故の乱暴なふるまいによる事件ととらえられる。

スポーツがテレビに合わせるのではなく、テレビがスポーツに合わせるのが基本であり、選手が主役であることを今こそ再認識すべきだろう。金メダルは、かじるために授与されるのではないのだから」

◎

選手が主役であることを再認識すれば、選手は「ノー」と言うストレスから解放される。これは最重要なことだ。

だが一方、テレビのスポーツ担当者や新聞のスポーツ記者たちと接していると、彼らもまたよい仕事をしようと懸命になっているのがわかるのである。もちろん、そこには視聴率を狙う気持ちはあろうし、部数を伸ばしたい欲はあるだろう。だが、その思いとは別に、純粋に視聴者や読者を喜ばせたい、驚かせたいと願い、望むものを提供したいという思いがあることも、私は接していて感じる。それは報道者のプロ意識であり、あるべき姿だ。

そうなると何より問題なのは、報道者たちのセンスだと思う。十年一日の如くメダルをかじらせたり、トロフィーにキスさせたりすることが、視聴者や読者を喜ばせ、視聴率や部数につながると思って要求しているなら、それはセンスがなさすぎる。スポーツ報道者は、何よりもセンスを磨くことが先決だろう。今のセンスのままでは、「選手が主役」となったら何をしていいかわからなくなり、また選手にストレスを与えるに違いない。選手たちに「メダルかじってる方がラクだった」と言われたらシャレにならない。

老人のストレス

地下鉄で吊り革につかまっていると、目の前に座っている二人の会話が耳に入ってきた。二人とも七十代後半かと思われるご婦人で、話の様子からとても親しい友達らしい。すると一人が沈痛な表情で言った。

「私、行きたくないんだよねえ。息子にも嫁にもそう言ったんだけど……」

一人が気の毒そうな様子で答えた。

「でも、お嫁さんの気持ちを考えたら、行くしかないよ。諦めな」

「うん、わかってる。でも、私は家にいたいの。家にいるのが一番好きなの。私、行きたくないよ」

「だけど、行けば行ったで楽しいこともあるに決まってるってば」

「でも行きたくない……」

この会話を聞きながら、老人施設に行かされるんだなァと思った。「行きたくない。家が好き」と言いながら目を伏せ、手にしたハンカチを折ったり開いたりしている様子を見て、何だか切なくなった。

ところがドッコイ、話の続きを聞いてぶっ飛んだ。「行きたくない」のは老人施設ではなく、ヨーロッパ旅行だったのだ！　続きの会話を再現する。

「息子が私に合わせて楽なスケジュール組んだって言うし、嫁も『十一月のパリはカキがおいしいから、いいレストランを予約しましたよ』とか言うし、もう断れないとこまで来ちゃってるんだよね。でも私、カキ食べたくないし……」

「わかる。そんな遠くまで行かなくたって、カキ食べられるしねえ。おっくうだよねえ。イギリスまでカキ食べに行くのはねえ」

「それもイギリスでカキ食べた後、また別の国にも行くんだよ……」

いつの間にか「パリ」が「イギリス」になっていたが、二人にはどうでもいいことだ。

「別の国ってどこ行くの」

「忘れちゃったけど、イギリスの近くのどっかだと思うよ」

「アメリカじゃない？」

「あ、そうかもしれない」

位置関係が全然わかってないようだが、二人にはどうでもいいことだ。

「私、家にいてテレビ見たり、ウドンこさえたりしているのが一番好きだし、スーパー行ったり、安売りの花買って飾ったり、そういうことして、好きにしていたいんだよ」

「うん。私でも行きたくないな。だけど、息子さんもお嫁さんも親孝行だと思ってやってるわけだしさ。断りゃカドが立つよ。十日ばかりだから我慢して行って来なって」

「……行きたくない……」

　私は先に地下鉄を降りてしまったが、何とも面白い会話だった。「行きたくない」と繰り返したご婦人は、本当に心の底から行きたくないのだ。息子や嫁の孝行を自慢気に語ることは一切なく、とにかく「家でテレビ見たり、ウドンこさえたり」が一番楽しく、幸せなのだということがよくわかる表情だった。

　私は駅のホームを歩きながら、読んだばかりの新聞記事を思い出していた。作家の藤原智美さんが、老人のストレスについてとても興味深いことをおっしゃっていたのだ。帰宅後に調べてみたところ、十一月十四日の『朝日新聞』だった。藤原さんは老人のストレスについて色々と語られており、その中に次の言葉があった。

「フルマラソンをするおじいちゃん、フラダンスで活躍するおばあちゃんという健康長寿のイメージもストレスになる。世間は『あなたは、あなたのままでいい』と子どもには言っても、お年寄りには言ってくれない」

あのご婦人には、ヨーロッパ旅行は大変なストレスなのだろう。むろん、息子も嫁もよかれと思って計画したわけだ。となると、「家にいるのが好き」と言う老母に向かい、息子は、

「何を言ってんだよ。隣のおばあちゃんなんか、九十にもなってフラダンスやって、あげく本場を見てくるってハワイにケロッと行ったじゃない。お袋もどんどん外に出ろよ」

　と言ったかもしれない。嫁も励まして、

「そうですよ、お義母さん。実家の父はお義母さんと同い年ですけど、フルマラソンをしてますよ。来年はスキーを習うって言うし、お義母さんもどんどん視野を広げましょうよ」

　と言い、孫までがデジカメなんぞをプレゼントし、

「おばあちゃん、これでたくさん写真撮って来て。すっかり写真が趣味になったりして、撮影旅行に出かけまくったりするかもよ」

　なんぞと言ったりしたかもしれない。おばあちゃんは撮影旅行より、ウドンこさえていたい人なのだから善意とストレスの間で闇は深かっただろう。合掌。

　確かに、最近の高齢者はつくづく若い。ＮＨＫで「百歳バンザイ！」という番組をやっていて、私はよく見るのだが、百歳かそれ以上の男女がバリバリと仕事をこなしている。また、成田空港では海外旅行に出かけるシルバーグループもよく見かけるが、総じてファッションが若い。ジーンズをはきこなすジイサンだの、ピアスにミュールのバアサンだのが当たり前

に行きかうのだから、日本の高齢化社会はすごいことになっている。合掌。

だが、そんな中にあって「ウドンこさえる」のが一番好きなバアサンや、昼寝が何より好きなジイサンはストレスがたまるだろう。高齢になってまでも「こうしちゃいられない」と思わされるのは可哀想だ。

地下鉄のご婦人、どんな顔をして、パリでカキを食べたのだろうか。合掌。

あとがき

本書は『週刊朝日』に現在も連載中のエッセイ「暖簾にひじ鉄」を、一冊にまとめたものである。

週刊誌に掲載された年からやや時間がたっている今、私は読み返してみて本書の「言わなかった言わなかった」というタイトルは、期せずして絶妙だったなと思った。

というのも、私に限らず多くの人はそうだと思うが、年齢や経験と共にものの言い方が変化する。言い方がきついとされて嫌われる経験をすれば、次から少しソフトになる。また、誰にでもいい顔をして「八方美人で信じられない」と人が離れると、自分のあり方を反省し、少し自己主張するようになるという具合だ。

本書を読み直し、私は苦笑した。断言を極力避け、逃げ道を作っているのである。そのため、本書の特に前半には「……かもしれない」「……ではないか」「……しておく方がいいように思う」「……も考えられる」「……でもあるといえる」などが多用され、否定するにしても「そうならないとは言えないわけだ」などと遠回しに書いている。

そこには突っ込まれないように、言質をとられないように、責任を一手に負わなくていいようにとする気持を感じる。その姿勢は「言わなかった言わなかった」に通じる。

持論を訴える時、相手に対する配慮やマナーは当然である。だが、さらに「かもしれない」だの「……だろう」などの多用は焦点をぼかす。ぼかす本人に信頼が置きにくい。

そんな私が変わったのは、これも本書を読み直して気づいたのだが、横綱朝青龍とのバトルが一因だったと思う。

ご存じのように、朝青龍はモンゴルからやってきて、努力を重ね、非常に強い魅力的な横綱になった。私は横綱審議委員として、まだ下位の時代から朝青龍の努力を見てきた。日本人力士にはなかなか見られないハングリー精神をギラギラさせていた。

当然、番付はどんどん上がり、ついに横綱にのぼりつめた。が、増長した。わがまま放題、やりたい放題、ケンカもあり、サボリもあり、格下の力士を稽古中にケガさせるのもあり、何でもござれの横綱になってしまった。

中でも私が一番許せなかったのは、日本を、相撲を、相撲協会を舐めていることだった。舐めていればこそ、平気で何でもやれるのだ。

彼は「外国（つまり日本）の伝統文化で禄を食む《は》」ことをしながら、その外国に対し、その伝統文化に対し、それに関わる人たちに対し、何らの敬意も払わず、「上から目線」で舐めるという不遜な態度を取り続けた。許せなかった。もしも、日本人格闘家がモンゴル相撲に入り、同じような態度をとったらどうするか。朝青龍本人もモンゴルの人々も黙ってはいまい。

私は我慢しきれず、朝青龍の言動に物言いをつけた。この時点で、私は協会も横綱審議委員会も、みな一斉に何らかの罰則を考えると思っていた。だが、そうはならなかった。私から見れば協会は甘く、横審委員の中には怒りを言う人もいたが、委員会全体としては「今後のようすを見る」となった。

この時、私は無意識のうちに思っていたのだ。天下の横綱に物言いをつけるには、自分の思いをハッキリと言うしかない。朝青龍は傍若無人だが、非常に頭がよく、判断力にたけた人である。逃げ道を作るような言い方では、私をも舐めるだろう。

こんな中で、朝青龍の好き放題はさらにヒートアップ。それでも協会も横審も看過する。私の激しい物言いばかりが目立った。結果、「朝青龍vs内館」としてさんざんメディアで取りあげられ、正直なところ閉口した。面白おかしい切り口もあれば、相撲とプロレスの区別もつかないようなコメンテイターが、したり顔で両成敗する。

また、行くところ行くところで、

「よく言ってくれました。私も同じ気持です。もっと言って下さい。頑張って下さい」と励まされるのは発見だった。これは「自分は何も言わず、誰かに言わせる」ということである。「(自分は)言わなかった言わなかった」そのものだ。

ただ、私自身はこの一件で肚が据わったと思う。自分の意見を言うということは、自分をさらし、責任を負うということなのだと。同時に、世間はイザという時、面白がりこそすれ、味方として声をあげてはくれないものだと。

それは今も、私の中にくっきりとある。

二〇一六年　八月

内館　牧子

なお、その後、朝青龍は実業家としてモンゴルへ帰り、私とは笑顔で和解した。会ってお酒を飲みたいなァと思うことがある。

この作品は、「週刊朝日」二〇〇六年十一月十日号～二〇〇七年十二月二十一日号に掲載された「暖簾にひじ鉄」を改題した文庫オリジナルです。

言《い》わなかった言《い》わなかった

内館牧子《うちだてまきこ》

平成28年10月10日　初版発行

発行人――石原正康
編集人――袖山満一子
発行所――株式会社幻冬舎
〒151-0051東京都渋谷区千駄ヶ谷4-9-7
電話　03(5411)6222(営業)
　　　03(5411)6211(編集)
振替00120-8-767643
印刷・製本―中央精版印刷株式会社
装丁者――高橋雅之

幻冬舎文庫

ISBN978-4-344-42530-9　C0195　う-1-14